시작시인선 0144

이슬의 지문

시작시인선 0144
이슬의 지문

1판 1쇄 펴낸날_2013년 2월 1일
지은이_한석호
펴낸이_채상우
디자인_꼬마철학자
펴낸곳_(주)천년의시작
등록번호_제301-2012-033호
등록일자_2006년 1월 10일
주소_100-380 서울시 중구 동호로27길 30, 510호(묵정동, 대학문화원)
전화_02-723-8668
팩스_02-723-8630
홈페이지_www.poempoem.com
이메일_poemsijak@hanmail.net

ⓒ한석호, 2013, printed in Seoul, Korea

ISBN 978-89-6021-180-3 04810
　　　978-89-6021-069-1 04810(세트)

값 9,000원

이슬의 지문

한석호 시집

천년의 시작

시인의 말

빈사(賓辭)의 창을 열고
사이프러스나무가 피워 올리는 하늘을 본다.

길은 늘 곁에 있었지만
파도의 집에서 가출한 호흡은 귀가하지 않았다.

차 례

시인의 말

제1부

해설

일러두기

한 연이 첫 번째 행에서 시작될 때에는 >로 표시합니다.

제1부

몰락하는 가을

아무도 사랑하지 않는 날들의 저녁 창을 열면
무수히 많은 별들이
마음의 갈피마다 집을 짓고 있다.
하늘 가장자리서 뜯어 온 들풀로 지붕을 엮고
그 들풀의 이슬들 꿰어
슬픔의 반대쪽 귀에 높이 걸어 두는 것이다
태가 고운 바람이 불고
명상에 든 달맞이꽃의 그림자가
투명한 풍경 소리에 제 어둠 묻는 시간이면
풀벌레 울음소리 더욱 환해진다
모두는 가을밤 가운데로 걸어 나와
고달팠던 걸음들 내려놓고 한없이 깊어 가는 것이다
그런 날은 책갈피 위에 불을 밝히고
찻물 끓는 소리가 툇마루 가득 흘러넘칠 때까지
어떤 흔적들 찾아 나선다
푸른 여우가 몰고 오는 달빛과
그 달빛에 부서지는 박쥐들 하얀 웃음소리 들려오는 곳
으로
방직 돌기를 굴려 나아간다
내 의식의 처마 끝을 잡고 있는 곳으로

거미줄 그렇게 던져 가는 것이다
별들이 지은 집 담장은 높지 않아서
오가고 싶은 것들은 모두 경계를 잊고 넘나들며
마음의 풍향계를 어루만지다 간다
그들은 소중했던 것들의 이름과
자신의 이름을 번갈아 지우며 멀어져 간다
은빛 구름, 소나기, 검은 우산
욕망의 사슬에서 풀려나야만 비로소 만날 수 있는
풍경 속으로 묻히는 것이다
아무도 나를 사랑하지 않는 날들의 새벽 창을 열면
핵을 감춘 무엇이 기다리고 있다
티벳 사자의 서 같은 화두를 던지며
사랑해야 할 날들의 저녁으로 돌아가라고
눈 부릅뜨고 있다.

어둠의 겉봉에는 수취인이 없다

시간은
땅거미에 이끌려 한 발짝씩 어두워지고 있었다.
다가설수록 무거워지는 나의 걸음 앞에서
마을과 길들은
공손하게 허리를 꺾고 있었다.
지상의 모든 황홀과 빛남이
저처럼 낮게 엎드려 온 마음에서
일어나는 것임을.
나는, 내 안에 품었던 모든 것들을
내려놓으리라 마음먹었다.
누군가에게 보낸 나의 마음들은
밤하늘 광활한 백지에 활자가 되어 빛나고
억새의 늦은 울음을 한 아름씩
산등성이에 뿌리고 있었다.
입동(立冬) 지나면
나의 그리움도 고뇌에 찬 나의 시편들도
억새풀처럼 날려 사라져 가겠지만
살얼음처럼 투명하게 번져 가는 밤하늘은
또 누가 쓰고 누가 반송한 소식들로 쌓이는지
나는 그 어둠의 겉봉을 접고 있었다.

에두와르드 뭉크가 살던 파도의 집

그 집에는 에두와르드 뭉크의 어지러운 물결이 살고 있다.

푸른 잎사귀 우거진 그 집은 문이 닫혀 있을 때 온갖 생각을 인테리어한다 호기심 많은 창을 남쪽으로 내고 그 창으로 달빛을 불러들여 한 생을 은유와 사색의 빛깔로 스케치한다 그러면 한 소녀가 물방울무늬 레이스가 달린 추억을 목에 걸고 우아하게 시를 쓰기도 하고, 밤하늘에 아름다운 선율을 촘촘하게 수(繡)놓기도 한다.

그러나 갑자기 문을 클릭하면 음악은 죽고 흐릿한 실내등이 졸고 있다 어제와 오늘이 우울한 낯빛으로 커튼을 드리우고 있다 맘속 누군가를 차지하기 위해 모종의 음모를 거무스름하게 키우고 있는, 창을 확대하면 함부로 풀어헤친 낱말들이, 흘러내리는 생각의 곡선이, 펑퍼짐한 침대가 누워 있다.

다시 눈을 감으면 밥 짓는 향기가 있고, 한 여자가 아기에게 젖을 물리는, 그 집은 소라 껍질 속에 있다

순례자의 잠

시간은 저녁의 호수에 이르러서야 비로소
무거운 신발을 벗는다.
거룩한 자여,
오월은 푸른 장미 향기로 그윽한가
길은 저만치 수구(水口)를 따라 휘어지고 있다
보리의 술렁임이 깊어질 때
일몰은 치맛자락을 끌고 내려오고
나는 물끄러미 강물에 발을 담근다
그러면 세상의 슬픔은 더욱 가라앉고
새떼가 남긴 하늘의 봉분은 둥글게 부풀어 오른다
나는, 떠나는 이름들과
새로 쓰는 이름들이 무심히 교차하는 들판에서
그대를 우러러 부른다
수척해진 밤의 손길이
꺼칠해진 대지에 무언가를 쓰고 있다
자신의 오른손엔 잠을 내려놓고
또 다른 손엔 그리움을 내려놓으며
조금씩 사위어 가고 있다
하늘의 거룩한 자여,
부도 위로 검은 나비 떼 날고 있는가

가을이 가고 겨울의
쇠발굽 소리 그 경계를 넘어올 때
나는 떠나리라
푸른 잠 속엔 누군가 있고
성성한 갈기를 휘날리는 백마 한 마리
덫에 걸린 내 잠의 둘레를 자꾸 뚜벅대고 있다

불안으로부터의 이소

잠자는 침묵을 깨워 내보낸 모텔의 흐린 창을 열고
어둠이 살며시 내 곁에 들어와 눕는다.
종일 선창을 흔들던 바람 소리와
그 바람 거슬러 나아가던 파도는
지금쯤 어느 바다로 가고 있을까 나의 시야에
수런대던 근심 하나가 솜털을 날리며
팽팽한 방 안의 정적을 가라앉힌다.
이럴 땐 잠이 모두를
아주 먼 곳으로 데려가 주었으면 하는
가느다란 희망을 깊게 품어 보는데
흐릿한 집어등(集魚燈) 하나가
내 골다공증의 삶 위에 걸터앉는다.
내 가슴을 끌어당겨 덮는 바람을
뼛속에 집어넣는다.
여기 서울장 408호,
시린 무릎을 추억하고자 찾는 사람들 묵는 곳에는
또 하나의 등불 걸어 두게 되는 셈이다.
그 등불 밝아 바닷길 화안하게 열리는 곳에
그 바다의 가장 푸른 물빛을 내려놓고
주름진 내면을 가만히 비춰 보는 것이다.

그리하여 반사되는 불면의 시간 위에

나는 보내야 할 것과 지워야 할 것들의 목록을 부표처럼
띄워 놓고

심지에 불을 붙인다 부채질한다.

잠은 침묵의 바다에서 뜨겁게 타오르고

바다는 잠의 하늘에서 차갑게 반짝이고 있다.

나는 문을 열고 훌쩍 키가 자란 등불을 밖으로 던져 버린다

눅눅한 비망록을 길 위에 펼쳐 놓고

뼛속까지 파고드는 바람에 온몸 내어 맡긴다.

그런 불안으로부터의 이소를 나는 꿈꾼다.

빙설미나리아재비

마음의 독(毒)을 치유하기 위해
호흡기 떼는 법을 누군가로부터 배워야 한다는 것은
마뜩지 않은 일.
삼 년에 한 번 꽃피는 빙설미나리아재비의
속내 깊이 잠적한 그대여,
치골(齒骨)의 통증 곁으로 다가선 추위가 환하다.
뿌리는 마음의 중심에 두고
밖으로 밖으로만 달아나 꽃대를 세우는 는개,
나는 갈라진 암벽의 틈새에서
꽁꽁 얼어 있는 시간과 대면하는
빙설미나리아재비의 눈이 되고 싶었다.
아린 흉부를 감싸 안고
목련 꽃그늘에 누워 심폐소생술을 받는 그대를 상상한다.
따스함 같은 낯선 서사를 받아들이면
그대는 나를 놓고 나는 그대를 버려야 한다.
차디찬 눈발의 행간에서
노란 혀를 내밀어 슬픔을 말랑말랑하게 무두질하는
너를 읽는다.
두 손을 모으고
뒤란이 궁금한 어느 저녁으로 발을 옮기는

검은 얼음숭어리들.
뻔히 보이는 길을 두고
꽃들이 서로에게서 서로를 지우고 있다.
그렇다, 환한 박명(薄明)이로구나.
저처럼 온전한 적멸(寂滅)이라니, 나는 언제야
제 몸속의 독으로 독을 치유하는 지극에 이르게 될 것인가.

이슬의 지문

이슬에 젖은 바람의 결을 만지고 있으면
시간의 발자국 소리 쪽으로 동그랗게 귀 모으는
나의 옛집이 문을 여는 것만 같다.
담장이 붉은 그 집 정원에 앉아 있으면
낡은 기억을 벗어던지는
문패의 거칠고 주름진 손이 어둠 속에서도 읽히고
제상문(蹄狀紋)의 촉각 끝에서 피어나는
맨드라미 채송화 분꽃들
한창 역사 중이다.
가끔은 해독되지 않는 기억들 저편에서
저 사춘기 적 보리밭과
첫사랑 데리고 떠나간 간이역이 궁륭(穹窿)처럼 일어나
나를 출발점으로 데려가려 한다.
그럴 때 나는 원고지를 꺼내어
그대에게 길고 긴 안부를 물으리라.
밀려오는 거대한 적막과
그 적막 사이를 노 저어 다니는 시간의 사자(使者)와
채울수록 더 비어만 가는 텅 빔과
풀수록 더 꼬여만 가는 생의 어지럼증과
끝이 보이지 않는 저 먹구름의 너머에 대해서.

이슬의 지문을 조회하면 누군가가
내 기억의 언저리에서 동그랗게 손 모으고 있다.
순장한 나의 아틀란티스 엿보려
저 투명하고 둥근 신의 렌즈로 날 길어 올리고 있다.

빨간 딱정벌레에 관한 기록

1

우리 살아 낸 날들의 밤마다 밑줄 친다면
그 들꽃들 웃게 할 수 있을까.
누군가가 칠한 붉은 표식을 허물고서야
아침은 어둠의 등 토닥이며 내려오고
저묾은 비로소 드러나는 허무의 짙은 캔버스 위에
한 폭의 그림을 스케치한다.
저기 함부로 방기한 신의 언어들이
이젤 속 기억을 끌어안고 무릎 꿇고 있다.

2

굳어 버린 마음의 회색 거푸집 속에서
우리들은 양생되고 있었던 것,
양생되지 않는 것은 나의 나이와 그 꼬리가
수상쩍은 나의 언어들뿐이었다.
난 그것들의 손을 잡고
수수깡 안경처럼 몸을 동글게 굴러 보아야 한다.
온갖 바램[願]들을 수집한 밤의 이젤 위를
휘적휘적 젓고 다녀 보아야 한다.

>
나 너의 그 빨간 딱정벌레를 추억하는
이명(耳鳴)의 손짓에 귀를 기울인다.
지구의 가을을 가장 빨리 읽는 놈이라며
한 획의 붉은 떨림으로 달려오곤 했던 친구야,
오늘도 사막장미는 피지 않고
나는 한 마리 하이에나 되어 어둠을 핥는다.

3
속에서 자라난 어둠들이
세상 밖으로 검은 촉수를 뻗는다, 그때마다 나는
강하게 수정의 충동을 느끼고
시간의 틈바구니에 나의 체액을 쏟는다.

종두야, 신호를 무시한 심야 버스가 뭉개 버린
출근길 너의 차 비틀 아득하기만 한데,
내 가슴의 모래 구릉에서
너는 아직도 무섭게 떨고 있구나.
외마디도 지르지 못한 그 눈빛
원효대교 남단 삼거리에서 퍼렇게 깜빡이고 있구나.

가을의 서(誓)

누가 펼쳐 놓았나, 저 코발트색
캔버스.
한 떼의 물오리들이
다중노출 기법으로 여백에
산 한 채 부리고 있다
신들의 밀회가 이루어지고 있는가
저문 골짜기가
환하게 걸어 오르고
짐승들의 발자국
캔버스에 드문드문 돋아난다
누가 지웠나, 태허의
바다를 가로질러 온 내 발자국
사냥꾼의 휘파람 소리
코발트 빛으로 서서히 저물고 있다

울음의 염기설(鹽基說)

대지의 팔레트 위에 갓난아기의 울음이 들려 있다
크게 벌린 입, 적당하게 쥔 주먹이
드넓은 백지 위로 발갛게 옮겨 붙고 있다
강아지 한 마리 해종일 짖는다
고집불통 떼를 쓰며 골목골목을 휘젓는다
울음의 곡조는 송곳니가
허공을 깨물기 이전부터 배워야 하는 법
나뭇잎은 밤에도 자라서
아이가 아닌 자들의 기억이 머물다 간 너와집 속으로
공손하게 발을 들인다
꽃들은 피어날 떨림에 대해 생각하고
개 짖는 소리는 취객의 발자국 아래로 끌려간 땅 그림자의
비유에 대해 생각한다
휘적휘적 늙는 아이들의 가등, 잠 못 드는
아낙들의 기침 소리
닭 울음소리가 등이 휜 날것들의 명패를
한 땀씩 기워 내고 있다
마지막 시간의 담장을 넘어야 할 속도의
어떤 이면에 대해 생각하는
저기 한 가계, 고요 속으로 저물고 있다

추코트카반도에서 부르는 연가

시월은 가장 쓸쓸한 달,
그대가 만일 추코트카반도에 가게 된다면
그건 베링해의 우울한 상송을 가슴으로 듣는 기회가 될 거예요.
순록들은 두툼한 고요를 몸에 두르고
한 뿌리 한 뿌리의 이끼를 뜯으며
짧은 툰드라의 여름을 건너온 밤을 기다리고 있을 거예요.
그 밤이 물러가고 나면
주위엔 온통 어슬렁거리는 짐승들의 영혼과
추억을 쫓는 사냥꾼들의 휘파람 소리가 넘쳐날 거예요.
몇 날 며칠의 백야와
바알간 심지 돋우는 램프의 사자(使者)와
그 불빛 아래 쪼그리고 앉은 생의 고단함이
허공에서 그댈 부르겠지만,
그건 그대가 사랑했던 그 모든 것들이
그대의 마음을 뛰쳐나와 오로라처럼 배회하는 것이라고
믿으세요.
그런 밤엔 사냥꾼의 칼날이
먼 바다에서 온 바다표범의 비명을 자를 거예요.
순록 떼의 꿈이 벼랑을 타고 있다고요?

그럴 땐 청각(聽角)을 깊게 묻으세요.
거기
내 슬픔의 백야(白夜),
그 얼음집 밖으로 올가미를 던지는
사냥꾼의 밤을 소리 없이 걸어가 보세요.
갈라진 슬픔 부드럽게 감추고
당신의 가장 우울한 샹송을 연주해 주세요,
제 짝을 얼음 바다에 묻고 춤추는 축치족(族) 젊은 사냥꾼
의 이름으로.

추상(秋想)

누가 저녁을 준비하는지 서쪽 하늘이 소란하다.

이런 어스름 녘을 걷다 보면

나는 나를 구속하는 어떤 의무도

내가 짊어져야 할 지상의 부채(負債)도 모두

가을 들판 아래 묻고 싶다.

누군가가 또 밥을 푸는지 하늘에 김이 뽀얗게 서려 있다.

나는 한 그릇의 밥 대신 잘 보관된

한 장의 추억을 생각하고

까마득한 그 언덕 너머로 안부를 던진다.

흐르는 강물 위로 길을 내던

>

풀벌레의 그 쓸쓸하고 푸르스름한 음색이

어디론가 떠나가고 있다.

이제 누군가가 기도를 올리는지 나뭇가지마다

엄숙함이 서늘하게 서려 있다.

한 동이의 취기와 한 짐의 우울과

하릴없는 내 낯설음을 덜어 내기 위해

난 가랑잎처럼 가벼워져야 한다.

바싹 마른 영혼들을 끌어모아 들녘 한가운데 모닥불을 놓고

한 발자국씩 더 멀리 방황하고 있다.

경건한 새벽안개가 되어 강가를 서성이고 있다.

제2부

꿀벌을 위한 칸타빌레

꿀벌 수천만 마리가 아랫배를 쓰다듬으며 서서히 죽어 가
고 있다 어디서 나타났는지 사마귀 한 마리가 당랑권을 위해
몸을 풀고 있다

이봐요 당신, 영혼의 별들이 지기 전에 내 아랫배를 어루
만져 줘요 부끄러워 말고, 전자 기타를 생각하면 돼요 천천
히 성감대를 조절하듯 고요하게, 어루만져 줘요 텅 빈 내 심
장을 휘저어 놓는 당신, 그 수법이면 어디서건 통할 거예요

어제의 나는 오늘의 내가 아니었으므로, 우리 잠시 잠의
나귀를 타고 헤엄쳐 봐요 슬픈 거야 흔한 노래로써 지울 수
있는 것, 오늘의 나는 어제의 내가 아니었으므로

이제 나는 전자파에 처형되어 서서히 죽어 가는 기타, 나
의 현을 어루만져 줘요 아카시아 꽃이 언제 피고 밤느정이는
어디서 농염한 수액을 뿜는지, 비에 젖은 산길과 통나무집과
희부옇게 언덕을 넘는 싸리 꽃들

욱신대는 상처 위로 산안개가 얼비치다 가요. 무슨 색이
었죠? 해오라기 떼 날고 있는 그림 한 점이 허공에서 늙고 있

군요. 둥글게 등을 휜 채, 시간의 등 위로 아랫배를 튀겨 올
려 보지만 이젠 일용할 양식은커녕 날개를 펼 힘조차 모두 잃
고 말았어요

내가 그대에게 그대가 나에게 존재가 아닌 존재가 되었을
때, 그때는 모든 우리들이 우리를 튀겨 버린 뒤일 거예요 한
백 년은 놓아두어야 할 우리의 음악, 오늘의 나는 어제의 내
가 아니므로

방울 소리가 생의 겨울을 부르고 있네요 이 밤의 별들과,
이슬은 젖은 영혼들과 풀벌레들의 양식이죠 그대와 나의 기
억을 누군가가 전지(剪枝)하고 있는 이 시간, 어서 드세요 식
기 전에, 칸타빌레

사이프러스나무 그늘 아래서

내 마음이 푸르게 붓질하고 있는 밀밭을
누군가 지나가고 있군요.
야옹, 타클라마칸 그 사암의 무덤에서 나온
고양이는 어디로 간 거죠?
붕대도 풀지 않은 모래바람의 옷 벗는 소리가
상처 깊숙한 곳에 자생하고 있군요.
당신, 진주 목걸이를 길게 늘여 걸고 있나요?
고양이 미라들이 꼬리를 치켜들고
마음의 분화구 주변을 사냥하고 있군요.
오늘밤엔 턱을 깎아 낸 티브이 속 별들이
썩은 냄새가 진동을 하는 이름들과 어울려 거리를
활보하고 다닐 것이란 생각 변함없겠죠?
머플러를 개조한 폭주족들이
심장의 박동을 엇박자로 튀겨 내고 있군요.
꽃들이 이지러지고 있지만
우리가 할 수 있는 일이란 아무것도 없다는 생각.
잠의 문고리를 잡은 길들이
하얀 황촉불의 밤을 어딘가로 운구하고 있군요.
제논의 역설을 신봉한다면
하류의 갈대밭 위에 당신의 길 내려놓으세요.

푸른 불길 피우던 그곳에는
밀밭의 전설 무성하게 영글고 있나요?
육신이 없는 자들이 서로의 이름을 부르며
흰 바다로 가고 있군요
조각달은 사이프러스 언덕 너머로 하얗게 이울고

모딜리아니

거기 있나요?
새벽이 누군가의 손을 잡고 레일 위로 달려와요.
날 깨워 줄 그녀를 그려 주세요.
그때마다 안개꽃 피어나고
기적이 캔버스 포장을 찢고 달려들 테지만.
허기진 내 식탁을 채워 주세요.
그녀의 검은 눈시울이 내 가슴을 훑고 있군요
밤이여 안녕?
오늘도 나는 노랫소리가 두려워
내 마음이 차려 둔 저녁 식탁이나 찾아가려 해요.
그럴 땐 와인을 준비해야겠지요?
장미꽃이 없다고
내 사랑이 뭉클거린다고는 말하지 말아요.
창은 삐긋이
벽화는 사선으로 걸려 있어요.
중심을 잃은 음표들이 귀를 붙들고, 흔들리고
그녀의 목소리는 오선지 위를 걸어 다녀요.
숫자로, 도돌이표로
헤이, 이봐 그녀가 오고 있나요?
롱부츠를 신고 또각또각

쟌느처럼 목은 길게.

모래바람이 불어와 자꾸 귓가에 쌓여요.

천국에서도 나의 사랑이 되겠다는

그녀가 잠에 빠져들려 해요.

아직도, 그대 거기 서 있나요?

실크 빛 커튼이 드리워진 침대를 그려 주세요

잠을 깨우는 누군가와 함께, 깊이 잠들 수 있도록.

하늘의 청소기를 돌리며

막차의 타이어 마찰음이
새로 한 시의 시곗바늘에 튕겨 방 안을 동여매고 있을 때
잠은 박차를 가하여 어딘가로 튕겨 나가고 있다.
새로 놓인 관(棺)을 열고 나온 어린 그림자 하나
제 키만 한 굴렁쇠를 굴리며
희미해지는 빛의 꼬리를 밟기 위해 뛰어가고 있다.
오래전 떠난 천마를 꿈꾸며
원형의 문에 횃대를 질러 놓은 새들.
끝을 모르는 낭떠러지를 향해 걸어가는 개들.
서로의 어깨를 부축하며
푸른 할로겐 등(燈)의 상처를 핥고 있는 너의 뒤태를
나는 붉은 항변이라고 해독한다.
어느 지평의 시계(視界) 속으로 우르르
우르르 천둥은 몰려가고
시간의 사슬에 눌려 호흡은 점점 납작해지고 있다.
나는 그런 내가 두려워 커튼을 타고
지붕 위로 올라가 하늘의 청소기를 돌린다.
담쟁이넝쿨 한가득 고성능 감지기를 설치한다.
그러나 그게 다 무슨 소용이랴
낮엔 빛이 되고 밤엔 소리가 되어

　　나를 속속들이 들여다볼 그대가 그림자 너머에도 존재하
는데.

　　내 맘 깊은 곳에 집 한 채 지어 살고 있는데.

신문실의 곰팡이

대청소를 하다 책상 아래서 발견한 오래된
거울 하나, 그 밑에서
숱한 활자들의 땀과 신음을 먹고 자란
곰팡이들의 음모를 발견했다
서너 평 남짓한 이 방을 거쳐 간 사건들과
그것들이 깔고 앉았던 더러운 진술들과 손을 잡고
곰팡이들은 은밀하게
빛의 반대쪽 편으로 영역을 넓혀 가고 있다
수염이 덥수룩하게 자란 놈
입만 벌리면 감언이설이 뱀처럼 춤추는 놈
거시기에 온갖 인테리어를 한 놈
잔머리 굴리는 비법을 유리구슬처럼 갈고 닦는 놈
주먹질로 이골이 난 놈
구미호보다 재주가 훨씬 뛰어난 놈
얼마나 줄을 섰는지 지문이 다 닳아 없어진 놈
개중에는 별이 수십 개라고 떠들며
인간이기를 거부한 삶을 자랑스러워하는 놈도 있다
이런 놈들의 흔적을 제거하고
청소하는 일이란 그리 만만한 게 아니다
강력한 세제를 붓고 쇠수세미로 까마득한 시간을

문지르고 또 문지르기를 반복해야 한다
드디어 녀석들이 거웃을 드러내기 시작하면
거울을 환하게 비추고 다시는 녀석들이 발을 붙이지 못
하게
방음과 방습 장치를 해야 한다
나는 오늘 내 마음의 은밀한 곳에도 커다란
볼록렌즈 하나 설치하기로 한다
내 삶의 그곳 또한 넓고 환한 활주로는 아니었으므로

마트료시카°

긴장된 처음이 다른 긴장의 처음을 만질 때
어떤 하늘은 아득히 저문다

꼬리를 자른 도마뱀 한 마리
고동치는 심장의 박동을 달래느라 혀끝이 타들어 가고 있다

욕망을 제어하지 못하고
스스로의 함정에 갇혀 숨을 헐떡이는
저 처절한 것을
아름다운 말이라고 기억해야 하는 배후를 생각한다
네 발로 기어 보지만 출구는 아득하고
배설의 욕구는 마지막 피 한 방울 뒤에
휘날리는
첫눈처럼 생생하다

눈을 까맣게 뜨고
단단하고 둥글게 기록된 나무의 내재율을 읽는다
광속으로 끌고 온 모든 것을 버린다

긴장된 처음이 다른 긴장의 등을 토닥일 때

녹슨 입술에서는 휘파람 소리가 난다

● 러시아 나무 인형.

맨드라미가 있는 시제

쇼윈도 속엔

사냥과 채집의 날들 기록한 알타미라 벽화가 있다.

벽화 속에는 피에 굶주린 승냥이들 뛰어다니고

온갖 짐승들 납작 엎드려 있다.

내 안에도 '그'라고 부르는

사냥꾼의 숨소리 점점 거칠어 가고 있다.

남의 피를 보면 웃고

자신의 상처 앞에선 짐승처럼 울부짖어 대는.

중심에서 밀려난 스스로를 변명할 날이 올 것임을 믿지

않는.

초대장 없는 밤을 두려워하면서도

일세의 문란에 빠져 혁명의 기치 따위나 높이 들고 다니는

그.

검은 시선 너머로 누군가의 이별을 방조하고

웃으며 민중을 위한다고 외치는

'그'는 콩고물 챙기기에 바쁜 자들의 전철을 타고 다니고

'순수가 좋아'라며 엄지를 세운다.

말의 풍요를 널리 권장하는 기호와 무늬들.

난수표 같은 밤의 속살들.

절제가 복락이요 복락의 피는

오래 붉다는 사실 앞에서 그대는 얼굴을 돌린다
'그'가 아닌 '나',
나는 이제 나를 위해
'그'라는 덧없음의 옷 모두 벗어 던져야 한다
쇼윈도 밖의 맨드라미처럼
붉은 허울을 벗고 스스로 벽화 밖으로 걸어 나가야 한다

목련꽃 우화

내 사랑은 늘 밤하늘 혹은 사막이었다.
멈칫멈칫, 허공의 쟁반을 돌리는 나뭇가지에
흰 불덩이들 걸려 있다.
염천의 사막을 탈주한 낙타의 식욕인지
고압 호스를 들이대도 눈 하나 깜빡하지 않는다.
순정한 저 불의 잔이
나를 유혹하며 숨 막히게 한다.
시인이여, 지옥에서 보낸 한 철이 이런 것이라면
그대가 살았던 곳이 이 같은 지옥이라면
그건 환한 축복이었겠다.
그 지옥 몇 철이라도 견디며
온갖 술들로 지상의 식탁 넘쳐흐르게 하겠다.
눈 속에서 선녀를 놓쳐 버린 시인과
수천의 꽃잎을 날려 버린 황제와
제 품에 들어온 대어를 놓쳐 버린 태공의 전설, 그 아래쪽에
'내 사랑은 늘 밤하늘이었고 사막이었네'
라고 쓴다.
가출한 제 영혼과 줄다리기하던
반생(半生)의 시인과 마주 앉아 삭월의 잔 돌려 마시며
섭생(攝生)이 앙상한 내 시론(詩論) 태워 버린다.

나마가시 혹은 카스테라

동그랗게 말린 앙꼬를 싸고도는 빵의 육질처럼
평생 내 허물 보듬어 안으신 당신.
나마가시가 카스테라라는 사실 알게 될 때까지
당신 참 많이도 서러워하셨지요.
함부로 뛰쳐나가려 할 때마다
온몸으로 울타리 쳐 반듯한 하나의 무늬가 되도록
푸르름이고 등불이 되셨던
당신.
지혜란 소나무 밑둥치에 쌓여 익는 솔갈비처럼
오래 발효시켜 얻는 향기라고 솔방울 툭 떨쳐 가르치시던
당신,
몰래 한 겹씩 벗겨 먹었던 나마가시처럼
당신을 야금야금 벗겨 먹고 살아온 나를 이젠 벗겨서
묘비명 아래 묻고 싶습니다.
높이 세울 줄만 알았던 등고선
흰 눈의 보폭 아래로 납작 엎드리게 하고
지나온 길 다시 다지겠습니다.
당신, 정지한 내 맘속 깊이
그 환한 정신의 손길 좀 넣어 주시겠어요?
얼음을 깨고 손을 씻던 그 말씀으로
내 문장에 단단하고 근엄한 시간 좀 심어 주시겠어요?

욕조에서 잠든 뭉크 씨

아침 6시,
그의 잠 속에는 푸른 하늘이 있고
뻐꾸기 소리가 있다 엘리베이터가 삼키는
사람들의 분주한 발자국 소리.
정오의 뻐꾸기 소리,
여섯 살 자폐아 혼자 방바닥에
홈쇼핑 호스트의 악다구니를 그리고 있다.
하오의 햇살이 물끄러미 아이를 내려 보다가는
소파 위로 나른하게 눕는다.
몇 번이나 뒤척이고 난 당신의
잠 속에는 이제 감미로운 음악이 흘러나오고
훌쩍 키가 커 버린 한 여자가 거울을 보고 서 있다.
당당하게, 화장을 하고 가볍게
제 가슴을 열었다 닫는 법을 연습하다가는
일상의 문을 열고 나간다.
텅 빈 거실, 오후 3시의 시곗바늘
그림 속엔 제 손목을 그은 나무가 수액을 흘리며
맥없이 늘어지고 있다.
벽에 걸린 뭉크의 놀빛이 무서운 듯
뻐꾸기 소리가 점점 움츠러들고 있다.

지금은 부재중이오니 나중에 다시……
전화기는 내다 버린 앵무새를 불러와 말을 가르치고
당신은 잠 속에 도장을 찍는다.
날마다 등을 지는 부부,
파열된 브레이크를 장착한 사이버족의 뇌는
현실과 게임을 구분하지 못한다.
당국의 으름장에도 자살하는 문장들이
집 안 곳곳에서 발견되고 있다.
뿌연 거울 아래 욕조 속
한 사내가 그의 생애를 스르르 파묻고 있다.

불새의 잠

드므에 빠진

누군가의 잠 속으로 새떼가 날아들 때

나는 그대라는 노을의 강가에 서 있겠습니다.

내 거칠고 단단한 부리로는

붉은 창살을 헤집어 끝없이 기포를 만들고

양 날개로는 뚜벅대던 시간의 체중을 달고 싶습니다

새들이 잠을 날갯죽지 속에 묻고

저편으로 사라진 그리운 것들의 안부를 묻습니다.

구부러진 길들의 궤적을 촘촘히 기록하던 햇살이

내 삶의 물갈퀴에 잠시 앉았다 갑니다.

집 나온 햇살의 뒤를 쫓던 개들의 영혼도

잠시 쉬었다 가는 흰 강,

거친 해역의 파도처럼 아가미를 퍼렇게 드러내며

몸 뒤집는 고단한 어제들.

저녁의 시간으로 돌아가지 못하고

바닷새들의 은하(銀河)를 한없이 떠도는 별들.

태공들의 담배 연기가 밤의 다리 난간에 매달린 노을을

물끄러미 낚고 있습니다.

함부로 방사했던 시간들이 무릎을 꺾고 단정하게 깃을 모

읍니다.

이제, 나는 구겨진 내 하루의 손을 잡고
아득히 깊어지는 잠의 드므 속으로 들어야 합니다.
커다란 불새 한 마리 하늘 높이 날아오르는 강가에서.

주목(朱木)

함양 성심병원 중환자실, 그가
가느다란 튜브로 생의 한 끼를 투여받고 있다.
퇴행성관절염의 다리를 끌고도
강파른 산길에 꼿꼿하게 발자국 찍던 그가
링거 줄에 생을 의탁해 있다.
귓속으로 수액처럼 떨어지는
그의 가느다란 숨소리를 내 혈관에 꽂고
깡마른 그의 시선을 본다.
그의 뒤란의 지퍼를 가만히 내리자
깎아지른 낭떠러지가 칡넝쿨을 붙잡고 있다.
견벽청야*의 악몽에서 벗어나기 위해 마셔 댄 술병들이
큰 산 하나를 쌓고 있다.
무논에 엎드려 김을 매는 그의 단단한 잔등에
쇠파리 떼와 뙤약볕이 박혀 있다.
8년 간 대소변을 받아 내 주었던 아내를 떠나 보내고
겨울 창호에 매달려
커튼의 줄무늬처럼 흔들리는 그의 어깨를 감싸 안아 본다.
간호사는 돌아가고
이내에 낀 불빛들이 하나둘 잠자리에 드는 시각,
나는 병원장이 몰래 보여 준

시티 필름 속 암 덩어리를 생각하고
그는 내장의 피만 멎으면
내일이라도 당장 술을 마시겠다는 생각을 하고 있다.
그 단단한 생애 꺾이지 않고 있다.

●견벽청야(堅壁淸野): 1951년 2월 7일 국군 11사단 9연대 3대대가 지리산 공비 토벌 작전 중 주민들을 소개한다는 구실로, 설날 다음 날 아침 경남 산청군 금서면 방곡리 가현마을을 시작으로 산청, 함양, 거창 양민 1,500여 명을 마을 공터에 불러모아 놓고 총으로 무참하게 사살한 후, 그 위에 휘발유를 붓고 불을 지르고 마을을 불살라 버리는 만행을 저지른 양민 학살 사건의 작전명.

세발자전거

비인 바람이 종종 고개를 들이밀다 가는
대문간에 녹이 푸슬푸슬 슨 세발자전거 한 대 있다.
거동이 불편한 늙은 사내의 발이 되어 온
저 자전거, 눈비 내리던
사내의 항해 길 찬찬히 돌려 보고 있다.
삼 년 전 아내를 보내고
손바닥만 한 선풍기와 하나의 풍경이 된
사내의 여름을.
낡은 냉장고처럼 가래 끓는 소리를 내면서도
손에서 일 놓지 않던 사내의
거멓게 산화된 이마에 머물던 가을빛을.
거세게 대문을 밀치고 들어서던
흰 눈발의 겨울을.
자식들의 안부 전화를 봄소식처럼 기다리던
늙은 주인의 앙가슴을
바큇살처럼 차란차란 돌려 보고 있는 것이다.
저 자전거
어느 저녁 무렵의 논으로 굴러떨어져
팔이 부러진 사내의 그 캄캄한 눈빛 생각나는지
브레이크 꽉 움켜쥐고 있다.

아내의 삼 년 기제사 지낸 며칠 뒤
운구꾼들의 손에 들려 대문을 나선 그 사내 기다리고 있다.
이젠 켜지지도 않는 외눈으로
녹슬어 주저앉아 가는 시간 붙들고 있다.

지게 작대기

당신 가실 때 내려놓으신 지게 작대기.

함양읍 죽곡리 대대, 그 안녕지지(安寧之地)에 모실 때

불쑥 내미시던 작별 인사.

아군에게 몰살당한 가족사 이젠 내려놓고

편히 잠들어야겠다는 듯.

나뭇가지에게 눈 하나 주고

중이염에 귀 하나 주고 살아 낸 그 세월

참말로 답답하고 막막했었다는 듯.

동생네 식구들 챙겨 주느라

우리 식구 못 챙겨 많이 미안했다고 하시는 듯.

공부시킨다고 이사 나왔지만

많이 가르치지 못해 마음 편치 않았다는 듯.

지고는 못 가도 마시고는 간다는 그놈들과 어울려 다니
느라

못할 짓 참 많이도 했다시는 듯.

평생 허리 한번 꼿꼿이 못 펴고 산

내 삶 너희는 절대 본받지 말라시는 듯.

아무도 말은 안 해 줬지만 위암 말기였다는 거

다 알고 간다시는 듯.

이제 너희들 어미 손 잡고 따라가니

칠 남매 서로 의지하고 잘살아야 한다는 듯.
굴참나무 껍질 같은 발자국으로 평생 보듬어 주시던
당신.
당신의 그 발 옆에 놓아 드린 그 지게 작대기 같은 말씀이
진주 승화원 불길에도 타지 않고
빗나가는 내 걸음걸이 교정해 주고 있다.

제3부

봄을 거역하는 노래

1

여느 시간이 이토록 눈부실까.

나는 그리움의 모자를 하늘로 벗어 던진
한 무더기의 꽃들을 가슴에 안았다.
내 마음 가장 깊은 곳에서 뛰쳐나오려는
모든 것들의 안부를 봉쇄하고,
누군가를 꽝꽝 묻어 버리고
무심하게도 그 위에 제 발자국을 찍는
강철 신발을 보았다.

2

전갈 꼬리처럼 갈라진 거기, 그쯤, 무엇이 느껴지나요?

강물은 오늘도 푸른 소문을 낳는 대지 위에
제 족적 남기고 있는데
대지를 억누르는 바위 밑은 너무 고요해서
나 이 밤을 반죽할 거예요
거기, 그것 좀 치워 봐요!
봄이 오면 잊힐 거라던 그 허드레 소리들

땅속에 넣고 밟아 버릴 거예요.
태어날 어린 땅의 파란 활착을 위해
지금, 나 당신을
아득히 지울 거예요.

3
내가 쏘아 올린 금촉 화살의 하늘

저 환한 그늘 속엔
세상의 눈 맑은 아이들이 등불 하나씩 밝혀 들고
나이테 깊은 곳을 비추고 있지요.
저 그늘 속 어둠은
내 허무가 그린 나이테.
얼음장 밑을 흐르는 숨소리를 데리고
아직 바람의 물기가 남아 있는 풀밭으로 나아가
녹슨 화살을 줍지요.
그런 나는
당신 맘속에만 존재하는 외딴 방
그 외딴 방엔,
빛의 무덤인 허연 스크린이 있고

허무의 깊이를 재는 자벌레 한 마리가
꼭짓점 없는 컴퍼스를 들고 스크린 위를 서성이겠죠.
당신
평생 내 주위를 맴돌며
마음이 한없이 우묵해지는 시간들과
회화(誨化)하며, 실뿌리까지
하얗게 변한 서릿발 뿌리며 내게 묻겠지요.
그 녹슨 입술이 내 심중의 이슬이라는
그것 아느냐고.

그늘의 정원

맨 처음의 발음과 맨 나중의 바람은
누구에게도 들키고 싶지 않은 혀의 은유 같은 것.
바람은 고요의 등에 그늘을 음각하고
바싹 야윈 풍향계가
사제처럼 공손하게 허리를 숙이고 있다.
늙은 선인장과 악수하는
밀짚모자, 매우 짜고 달고 쓰린 기억으로 직조한
근엄은 그늘의 다른 이름.
담보할 수 없는 생의 뒤편에서
누군가는 찾아올 사랑을 예비하고
누군가는 흔적만 남은 사랑조차 닦아 낸다.
눅눅하고 어둔 메타포들.
하이에나가 물고 간 그늘의 배후에서
바람이 휘몰이로 일어서고 있다.
맨 처음의 모든 나와
맨 처음의 모든 너는
그늘이었다는 의문을 긍정하기로 한다.
나날의 이면에서 누군가는 죽고
누군가는 또 신산한 울음 정원 곳곳에 터뜨리고 있으므로

내 마음의 D장조

챙 넓은 모자를 접어 뒷주머니에 잘 넣으세요, 거기
짙은 갈색의 액자가 보이죠? 그 안으로 들어가
안을 들여다보세요.
그리고 앉으세요. 안이 어두운가요?
당신이 앉아 있는 그곳에서 지평선이 보일 겁니다
가까이는 밤느정이 풀리던 그 숲이 보이겠지요.
거기가 오래된 그대 맘속의 그댈 비우는 자리일 거예요
나뭇가지들이 어깨를 후려치고
가시넝쿨이 발목을 잡아도 그냥
걷는 거예요.
별빛들이 잎사귀에서 이슬을 줍고 있겠지요.
빗방울이 만든 동네의 어느 호젓한 목롯집 자갈길로 가
세요.
풀벌레 소리 들리시죠?
이젠 돌멩이의 노래를 들을 차례군요.
가볍게 시작해서 점점 무겁게
그러나 깨어지진 않게,
우리들의 노래.
고단하게 잠든 신(神)들의 모자를 벗기면
벼 잎 나부끼며 일어나던 한들과 그 들녘의

뜸부기 소리들.
하늘을 한번 물끄러미 올려다보세요,
혹 류트 소리가 잠을 깨우거든
그건 이 세상에서 부딪던 잔의 곡조가 아니라는 것
아셔야 해요, 돌이 속삭이는 소리
자정의 중심에서 들리는
그것들은 모두 연출된 장면이라는 것,
저 거친 폭풍은 먼 어둠으로부터 오는 것이 아니라
우리 맘속 어딘가에 살고 있어 늘 무거운 것,
실크 모자 속에 감춰 둔
그대, 낡은 얼굴의 폐허도 한번 보여 주세요.

허기진 날의 저녁 1

누더기 바람이 훑고 가는 내 생가(生家), 나 혼자 걷는
천변 들꽃들 눈부시다.
저 눈부심, 태초의
그 뜨거운 언어로 다가오는 저 빛 부신 몸짓도
내겐 어둡다.

구름은 먹구름으로만 어둔 마음 기대고
풀들은 풀들에게로만 쓰러져 눕는
저녁 산 무릎 아래
바람이 허방에 빠진 양 털썩 무릎을 꺾는다.

세상은 병이 들었다.
나 또한 깊은 병 들어 있다.

저 시름겨운 풀들이 땅 위에서
헤엄치는 일 잊고 녹슬어 가는 냇가를 찾아와
투신하는 저녁,

나는 허연 배 드러낸 잉어들의 친척.
핥아도 핥아지지 않는 물비늘.

몸짓뿐이고 몸짓들뿐인 저 물 위의 아가미가
철제 침대 위에서 가쁜 숨 쉬고 있다.
내 간절함 무력하게 흔들며
조릿대 앞에서 흐릿하게 인화되고 있다.

꽃창포, 개망초, 붓꽃들 한창인
지금 내 생의 천변에는
쓰러진 밀짚들의 남은 호흡이
엉겅퀴 마른 대궁에 부딪혀 흩어지고 있다.

풍경의 넓이

1

삶 가방 던지고 간 당신 생각나 하산한

눈 온 뒤의 지리산 산정에서

나, 숯덩이 같은 마음 밀치고 오르는 밤하늘 한월(寒月)을

봅니다.

그 한월의 냉락(冷落)에는

쇠죽 끓이는 저녁 앞에 쪼그리고 앉아 책을 읽는

나의 그리운 옛적이 있고

쇠죽 익는 냄새가 식고도 한참이 지난 뒤에야 사립을 들

어서는

그림자의 하루는 등이 구부러져 있습니다.

불콰한 얼굴로 담을 넘겨다보던 달빛과

대문간을 기웃거리던 사내애들의 발자국 소리가

기침 소리에 놀라 화급하게

마음 바깥으로 달아나고 있습니다.

2

마음의 씨름판에서 지고도 대취(大醉)한 가을밤이 보입니다.

식량 도둑이 온 동네를 훑고 다니던

그 진눈깨비 추적대던 겨울밤도 보이고,

에나멜 코일을 흑연봉(黑鉛棒)에 감아 만든 라디오 소리에
화음을 맞추던 시간들이 눈꽃으로 핍니다.
다듬이 방망이를 손에 쥐고 잠이 들던
두려운 산자락의 밤들,
꽁꽁 언 물그릇과 함께 지샌 이불 속의
그 떡갈나무 숲이 키운 시간들.
아, 가없고 다스했던 불면의 밤들이
장터목 발치 흰 이불 펼쳐 덮은 철쭉 군락지를
걸어 걸어서 오릅니다.
끝없이 채색되는 저 흰 그을림의 풍경 위로,

3
설월을 싣고 밤 기차는 먼 대처로 떠나가고.
저무는 산길에 세운 주목의 노래처럼
평생 길이 되고 내게 그늘의 넓이가 된 당신.
도깨비와 씨름을 했다는 당산머리와
고두밥을 쪄 널었던 장독대와
그 장독들에 담근 당신의 정성 위로 쌓이던
흰 눈발들도 이젠 허리가 휘어갑니다.
그러나 나는, 저 봉우리에서 뛰어와

내 조급증 덥석 베어 물 것만 같은 백호(白虎)의 꼬리를 잡고
한바탕 눈 바닥에서 뒹굴고 싶습니다.

4
버리고 또 버리고 올라온 지리산 산정의 무한 잿빛 깨치고
내려와야
비로소 세한도 뒤뜰 밤 동백꽃 피울 수 있다는
그 말씀 천황봉 표석처럼 세웁니다.
환하게 밝는 저 풍경 앞에 부끄럽지 않도록
아들아 너는 투명한 빙폭(氷瀑)이 되어 세상을 바라보아야
한다던
그 말씀 되뇝니다.
모든 형상들이 한 그루의 나목이 되어 세상을 보듯이
내 행로에서 키를 놓치는 일은 없어야 한다는
그 말씀 뼛속 깊이 새깁니다.
한없이 넓은 풍경 펼쳐 놓으신 산정에
한월의 향기 서릿발처럼 차가운 저 살갗에
내 속살을 대며
나 얼어 버리겠지요 이 순정한 하늘에서 하염없는 눈발
처럼.

\>

당신 기억하시겠어요?
난 당신의 무르팍으로 늘 춥게 내린 눈발이었단 걸.

침실론

1
잠 속에는 내 허튼 사고들을 갈무리하기에 적당한
침실이 하나 있다.
그곳에는 언제고 내 고단한 삶을 받아 주는 침대가 있고
내가 무엇을 하건 종일 관심을 열어 보이지 않는 장롱이
있다.
혁명적 삶을 산 남미 어느 시인의 노래와
당시 삼백 수 시집과
목수의 옥탑방에서 시들어 간 궁핍한 시대의 언어들이
장롱 위에서 잠자고 있다.
내가 어디를 다니는지, 누구를 만나고 무엇을 하는지
그 행보를 알면서도 침묵하는 양말들의 낡은 집이
입에 지퍼를 채우고 있다.
바른 생각을 유도하는 경대가 하나,
무성하게 웃자란 내 시상(詩想)을
말끔하게 정리해 주는 전기면도기가 하나,
종일 잠을 재우지 않는 바보상자가 하나,
부팅하는 순간 나를
호기심과 충동의 바다로 끌고 다니는 컴퓨터가
한 대 있다.

＞

2

자주는 아니고, 가끔 침실을 정돈하는
나는 모셔 온 후 한 번도 걸지 않고
서랍에 넣어 둔 당신의 사진을 꺼내 닦곤 한다.
처서 지난 선풍기에 커버를 씌우고
지난여름도 덕분에 잘 건넜다고 토닥인다.
당신은 왜 시를 쓰는가?
당신 삶에서 향기는 나는 것인가?
당신은 의식이 있는가?
세상 모든 부정은 정말로 부정을 동경하는 것이 아니라
삶의 애착이 강한 때문에 일어난다는 것을 아는가?
나는 나에게 묻는다.
너는 과연 안녕하신가?
시는 어디에서 출발하는가?
아트만에서 벗어나 브라만에 갈 수 있다고 믿는가?
나는 어떤 질문에도 당황하지 않을
명쾌한 한 구절 구하기 위해
내 잠을 가둔 강철 빗장의 명치에서 쐐기를 뽑는다.

그 따스한 바람의 진혼곡

누가 입속에 바람의 사원 하나 세워 놓았던 것인가.

아, 하고 입을 벌리면

회오리바람이 캄캄한 몸속 어딘가를 더듬어

물고기 떼 허공에 풀어 놓는다.

미명의 눈가를 흐르는 비릿하고 뜨거운

냄새들, 저 물의 누이들.

기이한 형상의 뼈와 뼈들이 바위 그늘에

무언가를 조각하고 있다.

눈꽃은 바람의 사원에 들지 못하는

모든 사랑이 쓰다 만 노래.

아, 하고 입을 벌리면

올빼미가 둥근 침묵의 입을 해체하고 있다.

검은 구름의 문법 말끔히 걷히고

네가 썼던 대리석의 글씨들 일제히 일어선다.

칠흑의 울음 위에서

네 노래는 푸른 대리석 같은 밤을 일으켜 세운다.

네 노래는 녹슨 음악의 분수를 지휘한다.

네 노래는 녹슨 불기둥을 지휘한다.

네 노래는 수세기 동안 침묵했던 허기를 지휘한다.

네 노래는 수세기 동안 휴식 중인 모래시계의 권태를 지휘한다.

네 노래는 모든 지워진 사랑에 지펴지는 불꽃.

어제를 쓰다듬는 것은 버림받은 사냥개의 길고 지친 혀끝,

가슴 한쪽을 지긋이 내려놓고

초목과 꽃과 물과 불의 시간을 천천히 핥는다.

검은 대리석의 밤을 두드리면

내 잠 속 깊은 곳에 바람이 수혈의 링거를 꽂고 있다.

애장터의 기원

불과 눈이 몸 섞어 태양을 낳았던가?
메타세쿼이아 우듬지 사이로
누군가가 산봉우리를 안고 걸어오고 있다.
이 아침을 여는 너는 는개,
직박구리들이 까무룩 해를 묻고 있다
산청군 금서면 방곡리 시냇가 돌무덤 속에
혈육을 안고 잠든 울음이 있다
모든 길은 언제나
시간을 통과해야 하는 붉은 은유,
한 줄의 문장도 밟지 못하고 죽은 너를 생각하면
지상의 모든 환유는 쓸쓸해진다
함부로 쏜 화살들은 우주를 떠돌고
계수나무 이파리들은
우물로 뛰어든 조각달로 제 아킬레스를 자른다.
산문 안으로 들어간 빗소리들이
허공이 만든 부도 위에 쾅쾅 못을 박는다.
타는 것이 어디 가을빛뿐이랴
스스로 봉분을 짓고 문 닫는 생애들이
저물녘으로 먹먹하게 숙여 들고 있다.
방이 없는 자들이 찾아드는

메타세쿼이아 겨울 사이로 네가 온다.
꽁꽁 언 체온 끌어안고
안을 것 없는 나무들의 추위 한가운데로
어머니, 당신의 아이가 오고 있다.

무단 전출

체증(滯症)약 하나 없었던 내 가계에는
가을비와 어머니와 달이 살았다
들에 나가고 학교에 가고, 아무도 없는 여름 내내
진수는
찬밥과 파리 윙윙대는 더위와 외로움과
친구가 되어 놀았다
지리산 발치 방곡마을, 이장이 바쁘다고
가가호호 점검을 미루던
여름날 문득 보름달 하나가 진수의 배 속으로
전입을 했다, 그때부터
진수의 배는 늘 서늘 싸늘했고,
입술엔 푸른 울음주머니 하나가 달려 자랐다
공의(公醫)는 십리 밖에나 있었고
무지는 보다 가까이 있었고
가난은 그보다 훨씬 더 가까운 곳에 있었다.
어머니 손의 원무(圓舞)는 밤마다 진수의 배 위를 떠나지
않았고
끝내 달을 내쫓았지만
가을비가 억수같이 퍼붓던 내 여덟 살의
새벽녘 그날 이후 빗소리가

내 어머니 가슴에 무단 전입해 살았다
가마니 옷을 입고 아버지의 지게에 업혀 빗길을 걸어간
네 살배기 진수 대신
빗소리는 내 어머니의 영혼과 절규를 파먹으며
대략 40년을 한 식구가 되어 살았다.
그 흔한 체증약 하나 없었던 우리 가계,
내 아버지와 내 어머니의
고통 깊숙한 곳에 터를 잡고 살던 빗소리가
몇 해 전 봄날 무단 전출했다.
우리 형제들 그 누구와 상의 한마디 없이.

발화법(發花法)

어둠 속에서도 발화(發話)하는 생각들은 빛나는 눈을 가졌다.

나무의 수컷들은 눈을 감고도

어둠의 산란관에 방사하는 법을 터득한다.

마음의 외벽 바깥쪽으로

물소리들이 울타리를 만들어 흘러가고

강물 아래로는 배가 불룩한 물고기들이 산란을 위해

바닥의 돌을 쓸어 모으고 있다.

그대가 내 사랑을 꽃으로 형상화할 때

나는 밤의 속살에 코를 박고

그대의 마음이 만든 붉은 주렴들을 가만히 어루만지리라.

요람 밖 외등처럼 귀를 열고 그대를 기다리리라.

구름이 푸른색 잎사귀를 흔들며

붉고 아린 기억들이 담겨진 상자의 봉인을 뜯는다.

노란 울음들이 터지는 시간의 방에서

거짓말들이 참말처럼 흰 이를 드러내고 웃는다.

불꽃들은

첫울음을 받아 주는 산파를 기억하며

가시들이 받쳐 든 현(絃) 위에서 걸음마를 시작한다.

연(緣)의 얼레가 풀어 둔

까무룩한 기억 저편을 따라가며 성장한다.

별들이 밤의 허공을 여민다.
가시 돋친 나무들의 거웃이 감고 올라간 담장 위로
연기 묻은 해가 얼굴을 내민다.
뜨겁고 아린 문장들이 그해의 가장 은밀한 농담처럼
냉기(冷氣) 위로 봉긋이 발화하고 있다.

사수자리별

생각의 울타리 밖에서 밤을 새 본 사람은 안다.
별자리들은 사막에서 더욱 또렷이 노래 부르고
전나무들은 모든 두려움 떨치며
깊고 어둔 땅속으로 걸음 푸르게 내디딘다는 것을.
캄캄한 동굴을 벗어나
먼 폭풍의 중심을 향해 눈 부릅뜨기 위해
푸르게 걸음 내디딘 전나무 한 그루 있다.
지하 깊숙이 묻은 뿌리 어디 뽑을 테면 뽑아 보라는 듯
내 평온 어디 뺏을 테면 뺏어 보라는 듯
암반에 그물망 촘촘히 치고 있다.
습한 상처를 달고 밤의 중심에 우뚝 서 있는
그 나무를 생각한다.
북반구에서 남반구로 가는
쇠기러기들이 한 장의 풍경이 되고 있는 밤에 너를 생각
한다,
봉긋하다는 것, 뾰족하지 않아
그 누구도 내치지 않고 받아 준다는
영혼들이 사는 둥근 집처럼
전나무가 너의 외침 뒤에서 풍성한 그늘 만들고 있다.
생각의 울타리 너머로 창을 내고

창 높은 그 집의 지붕에 올라
환한 하늘의 노래 지상에 받아 적고 있다.
온갖 추문들이 울타리 밖을 어지럽히는
이 캄캄한 시간에도
허리에 두 팔 턱 올린 채 폭풍우 이겨 내고 있다.
솜이불 속 나의 잠에게
너는 따스하고 굳센 손 내밀어 잡아 주고 있다.

수렴진화론°

가시가 박힌 글씨엔 뼈가 없다는 것을
문득 깨닫는 밤이 있다.
모음은 꺾이어 자음이 되고
자음은 합체하여 모음이 되는 기이한 현상,
척추가 없다고 고통을 느끼지 않는
우기(雨期)는 지상엔 없는 절기다.
짐승들은 우기에 민감하고
영혼들은 건기에 민감하다는 피안의 글귀를
곰곰 되새겨 본다.
모든 생은 영겁을 지나 별이 된다는
잠언에는 선인장의 가시를 베어 먹는 흰목숲쥐가 산다
우기의 짐승들과 조우하는 영혼들이
극과 극 사이에 미명의 천체를 만들고 있다.
물과 불이었던 먼 우주의 가계 또한 수억 광년 뒤에는
수렴진화론을 수용할 것이란 생각.
춘삼월 어느 날, 아버지가
어머니처럼 경건한 밥상 한 상 받으시고 우기가 없는
세상으로 따라가신 것처럼, 나도
수렴진화할 별 하나 가슴 깊은 곳에 품었으면 하는
어떤 바람을 일깨우는 밤이 있다.

박쥐들이 캄캄한 절망의 정수리에 빛을 심어 놓고
허공 높이 날아오르고 있다.
삭망의 행간에서 무수한 별의 진화를 본다.

● 수렴진화론(收斂進化論, convergent evolution): 계통적으로 다
른 조상에서 유래한 생물 간 또는 분자 간에 유사한 기능 또는 구조가
진화하는 현상.

아이리스°

이 밤이 눈뜨기 전에 나는 돌아가야 하네.

겹겹의 어둠을 쓴 나를 찾아

나는 나에게로 가는 기차를 타야 하네.

격동의 바람이 불 때 기차는 늘 만원이지,

가랑잎 지폐 같은 나를 싣고 레일은 미끄러지고 있네.

혁명은 언제나 세상 밖에서

세상 안의 나를 끝없이 마중 나가는 일,

이럴 땐 아무 노래라도 어울리겠지만

내 안에서 발원된 향기는

나를 지우고 달리는 상상력을 지우고

내 말의 입술과 그 둥근 기억마저 아득히 봉합하네,

나는 머루와인을 저장한 당신의 토굴 속에

내 노래의 심장을 가두고 밀봉하리.

봄빛이 소인한 엽서가 그대 손에서 낙엽이 되어

몽블랑의 흰 수리처럼 날 때까지.

하강과 상승의 내재율이 부드럽게 편제(編制)된

한 편의 시를 만날 때까지.

격동의 바람이 불 때 기차는 늘 만원이지,

나만 사랑하겠다는 그대의

그 진한 가슴에 낡은 꽃 한 송이 소인하고 있는

저기 자줏빛 구름은 나의 폐허,
뭇별들이 나의 폐허 위에 모닥불 피우고 있네.

● 영국 여류 작가 아이리스 머독. 붓꽃.

검은 사랑의 가슴에 새기는 흰 바코드

아무것도 아닌 날의 배후에서 서성여 본 적 있다.

아무렇지도 않게 눈사람의 심장이 되어

밤을 푸르게 올려다 본 적 있다.

혀끝으로 칼을 물어야 하는 그런 날엔

바람의 등뼈에서

모닥불에 그을린 사랑의 짙은 눈물 냄새가 난다.

어둠 속에 버려지는 촉각들.

동공에 쌓이는 지문들의 낙엽.

빨래판 같은 길 달려온 씨알들과 어깨동무를 하고

사소한 감정들이 만든 배에 오른다.

그 배의 선수(船首)에 그대를 새기고

'항상 진지한 가슴을 지녀야 할 것,

미풍에도 곧잘 열리는 항로일 것'을 염원한다.

미욱한 감정들을 추슬러

나는 오늘 내 사랑의 천년을 구하기로 한다.

잠의 중심에

검게 탄 내 뿌리를 내리기로 한다.

눈사람의 뇌가 기억하는 밤은

영혼들의 축문처럼 푸르게 빛난다.

이번 생에서 나는 너의 배후였다고

사랑이란 눈물의 뼈에 새겨야 하는 흰 바코드라고
눈발이 새카맣게 시간을 조각하고 있다.

번제

1

과거는 돌아보지 말자고 앞으로 앞으로만 날아가는
새의 각오는 줄 끊어진 방패연이다
덜컹거리는 철길을 횡단하며 종일 시간을 짜깁기하는 바
람은
풍경이 수결한 그늘의 요사채(寮舍寨)다

2

탄부의 곡괭이 소리는 천년을 깨우는 선인의 진언이다
밤하늘의 소금 자루를 내해(內海)로 전송하는
너는 나에게 허방에서 천공까지 파야 하는 남루라고 정
의한다
광부들은 처마 끝에 곰삭은 꿈을 매달고
고이 잠든 떡잎들은 아비가 써 내려간 곡괭이의 기록을 읽
는다

3

선택이란 정해진 갱도를 파 내려가야 하는 실뿌리들의 ‘한
낱’이 아니다
너무 쉽게 세상 밖을 선택하는 이들이 떠받드는

백색의 공포는 겉과 안이 다른 결정이라고 동의한다
세기의 제의(祭儀) 앞에서 시간은 엄숙한 경향으로 진화하고
설원으로 가는 길을 가리키는 눈표범의 포효는 맑고 높고
아득하다

4
내 것이었던 적이 없는 사랑과
내 것이었던 적이 없는 사상과
내 것이었던 적이 없는 행운이 상상해 온 누각에 불을 놓
는다
기다림 같은 헛된 기적들은 불타고
결빙된 언어는 해체의 몸을 변주하며 스스로 저문다고 기
록한다

5
오늘 의지하는 이 폐허는 파랑주의보의 반쪽이었다는 걸
추락하는 불빛들의 고백을 통해 읽는다
그러므로 이번 생은 다시 써야 하는 유목의 다른
목초지 어느 곳으로 누군가와 함께 걸어간 흔적이었고
눈송이들이 발을 더듬어 거두는

이 저녁은 누군가와 시선을 나눠야 하는 의례라고 읽는다

6
상림 숲 늙은 신갈나무 등걸에 앉아
두꺼운 우기(雨期)를 쪼고 있는 딱따구리의 웃음을 해독한다
세기의 각오 앞에 서 있는 구름들이
내세의 서쪽 혹은 부력의 지향점 쪽으로 묵도하고 있다

● 번제: 안식일 또는 매달 초하루와 무교절, 속죄제에 짐승을 통째
로 구워 제물로 바치던 제사. 서로 번갈아 가며 드는 차례나 순번.

94

제4부

정박 일지

비온 뒤의 적요에 배 띄워 본 일 있나?
수천수만의 추파 둥글게 튕겨 내 본 적이 있나?

그대는 인적 드문 바닷가 새벽에서 왔고
나는 해안선이 부리고 간 저녁의 바다에서 왔다.
겹쳐 입어도 표 나지 않는 바람의 외투를
너는 벗어던지고 나는 입는다.

물때마다 파도가 쌓아 놓고 간 소식을
게들이 집게발로 개봉하는 오후,
무단으로 떠돌던 길의 마디마디는 목마른 나무뿌리 같다.
유랑의 뱃길은 차라리 따스했다고
선착장에 묶인 목책들이 나직하게 철썩인다.

목책에 턱을 고이고
종일 낭송되는 바다 시편을 감상하는 나에게
그대는 냉동된 추억이다.
해동되지 않는 그대를 근엄한 표정 속에 감추고
먼 바다를 떠올린다.

>

노곤한 영혼들이 몸을 추스르지 못하여

온몸을 방파제에 맡기고 있다.

적요의 솥에 나를 넣고 물을 붓는다.

체크무늬로 가린 그대의 웃음이 구불구불 휘어 있다.

해 진 뒤의 바닷가에서 말라비틀어진 추억을 씹어 본 일

있나?

시간은 익는 쪽 쪽 풀어져 바다가 되고

당신이라는 조타수를 잃은 나의 항로엔 파고(波高)가 높아

진다.

시험의 방

붉은 진주의 눈물 그렁한
이곳은 낙원인가요?
벽화 속 물망초는 시들고
짐승들의 발자국 소리 점점 사나워 갑니다
창과 창은 풀리지 않는 의문,
옹벽은 캄캄한 곳으로 키를 높입니다
삶은 치열한 몸부림
죽기 살기로 달려 홈에 이르는
주자는 빛과 그늘의 다른 이름입니다
보이는 것과 보이지 않는 것
다섯 개의 창과 다섯 개의 문
허기 앞에서 모든 것은 컴컴해집니다
현상계의 색과 향을 차지하려는 듯
짐승들의 울음이 객체계를 쿵쿵거립니다
마음 밖의 나와 마음 안의 내가
뫼비우스의 띠처럼 으르렁거립니다
주전자의 밑이 타고 주전자의 속이 끓습니다
길은 사라지고 강은 마르고
내 사랑은 하얗게 늙은 눈을 끔뻑거립니다
빛이 주렁주렁 익어 가는

이곳은 어디인가요?
귀먹고 말 먼 그대의 변방에서
나는 빙하를 깨우는 만년설의 노래일 뿐입니다

핏줄 속을 달리는

이봐, 그렇게 울먹이지만 말고
고트프리트 벤의 '정원과 밤'에 한번 다녀오게나.
이슬을 잘라 만든 잔에는
초원, 태양, 냇물 이런 것들을.
빙하를 잘라 만든 잔에는
슬픔, 분노, 울음 이런 따위를 부어 드시게.
형해(形骸)도 없는 달의 피를 입술에 바른 적 있냐고?
짐승의 울음과 몸짓이 익숙한 그런 생을 산 적 있냐고?
나는 말하지 않겠네,
천 근 전차를 끄는 내 핏속엔 야수가 살아 있다고.
굶주린 승냥이의 허기가 되어
시시각각 시간을 탐하고 있다고
이반(離叛)한 나를 찾아 유령처럼 떠돈 적 있나?
태초 이전의 얼굴 그리워한 적 있나?
고통을,
공허한 정원의 외경(畏敬)을.
황금의 침대를.
그대
봄, 여름, 가을, 겨울로
자유롭게 다니는 전차를 시승해 본 적 있나?

이봐, 침잠해 있지만 말고
세상의 손이 닿지 않는 전경 속으로 손수 달려 보게나.
저 무한의 궤도에

허기진 날의 저녁 2

상처 입은 새는 집을 짓지 않는다.
스스로의 몸을 집으로 삼는다.
그가 날아온 길들, 살아온 길들만이 나뭇가지처럼 꺾여
있다.

그대들,
내 마음의 모닥불을 보아라.

내 마음이 눈발을 끌고 오는 저녁이다.
내가 기거하고 있는 헐벗은 산들이 제 옆구리에 손을 넣어
밀려드는 어둠의 턱뼈를 만져 본다.
이 저녁에 닻을 내리는 것은 나 같은 날짐승의 호기심만
이 아니다.
방황하는 자의 모닥불도 잠시 여정을 내려놓고
아이들의 잠 속에 뜬 저녁 별을 헤아린다.
저만치 가물거리는 불빛 몇,
종일 물을 길어 올리던 여자들의 하루가
소금에 절어 버린 걸음들 데리고
아궁이 쪽으로 걸어간다.
아, 저 아궁이가 내가 태어난 곳이리라.

>
스스로 몸을 뒤집는 눈발들,
흰 눈송이의 걸음을 흉내 내며
소금 기둥에게 다가가 말을 거는 눈의 고요함,

내 두 팔의 고요를 벌려
저 소리 댐으로 가두면
삶은 다시 고요로 뒤덮일까.

나는 잠들지 못하는 마음을 쪼개
홀로
모닥불 지핀다.

새들의 서쪽

붉은 팥죽 뿌려진 서쪽 하늘을 배경으로
한 무리 찌르레기 떼 날고 있다.

난생설화의 기억을 떠올리는 듯 찌르레기들이
부산하게 어둠을 지져대고 있다.

흩어진 팥알을 줍는 것은
새삼스레 흘러간 사랑 따위를 더듬는 일.
추운 밤의 자락에서
새들은 습윤했던 시간을 손질하며
꽃의 모퉁이에 두고 온 불면들을 껴안는다.

별들이 서쪽 창을 열고 찌르레기 떼 부르고 있다.
큐릿, 큐릿, 큐리리리릿

하얗게 무너지는 찌르레기 떼.
마음 빈 곳마다 파랑주의보 발효되고
찌르레기 떼가 서녘 하늘을 까무룩 점령하고 있다

나팔꽃기차

전 재산인 돼지 여섯 마리를
돼지콜레라가
모두 거꾸러트리고 간
그 아침을
나는 기억한다.
학교 가는
길가
어느 집 담장을 달리던
나팔꽃기차.
그 열차가 울려 대던
기적 소리를
내 앨범 속 쑥색 교복은
아직도
또렷이 기억하고 있다.

바람의 어법

한 뼘 블랙홀 안에서
자벌레가 저만의 문장을 쓰고 있을 때
나는 세상이 지운 명분이 버거워 알몸으로
바람과 만행(漫行)하고 있다.
잊혀버린 생의 첫 문장을 찾아 미지로 미래로
코를 세우는 구름의 안테나,
나는 억새밭 무문관에서
가시나무새의 둥글고 애틋한 노래를 짓는다.
통속적 문장의 뿌리가 길어 올린
물안개가 사타구니에 입김을 불어넣고 비벼 댄다.
꽃이 피고 새가 울고,
절정의 순간처럼 하얗게 몸이 떤다.
말을 벗어야 하는 내가 말과 도모하고 있다니,
나는 퍼렇게 날이 선 억새를 꺾어
참회를 하고 있는 바람의 등을 후려친다.
남루한 기억이 선혈을 뿌리며 굴러떨어지고
시간이 출산한 그늘 속에서
상사화의 떡잎이 자지러지며 문장을 지운다.
그러매 바람은 몰락한 정원 어디쯤으로
화급히 달아나 보는 것인데.

화사처럼 허공에 벌건 요설(饒舌)을 늘어놓아 보는 것인데.
육탈을 꿈꾸는 생들이 다가와 꽃을 건넨다.
탐진치(貪瞋癡)에서 벗어나라고
허공에 벗어 놓은 길들이 바람의 등뼈를 감싸 안는다.
구름 침대로 숨을 들이는 자벌레의 발걸음이
지그시 눈을 감은 나의 어제를 읽는다.
벌거벗은 나뭇가지들이 나를 읽다가 세워 둔다.

밤의 암호

이 지상 어느 곳엔가 꿈을 봉인한 허기여,
나에게 너의 노래를 불러 줘.
딱따구리가 생목에 구멍을 뚫는 밤을 달려와
플랫폼에 숨을 내려놓아 줘.
사라진 것들의 부활을 위해 몸을 더욱 혹사하는
너는 친밀한 나의 고통,
밤새들이 쓴 어둠의 서사를
너는 연주하고 나는 경청한다.
한 컷의 희망과 한 컷의 절망이
둥근 촉수를 내밀어 서로를 포옹하는 밤,
체온을 잃은 대지엔 피가 돌고
화석이 된 강물은 오금을 펴고 일어나 부드럽게
밤의 둔치 아래로 미끄러진다.
검은 연미복을 입은
나는 영혼들의 리토르넬로,
귀먹은 무지개의 품에 안긴 풀꽃들을
가만히 어루만진다.
물안개의 침목(寢木)을 두드리며
내일의 나에게 퇴화된 그의 날개를 읽게 한다.
과녁을 돌아온 발자국들이

마음의 경계를 통과한 것들을 지그시 안고 있다.
이 삶이 낳은 허기여, 처음부터
내가 부양해 온 장난감 병정의 군화 소리여,
이 밤이 너는 두려우냐.
꽃향기는 삐걱거리면서도 밤을 변주하고 있는데.

간물의 시간

나는 너를 보고 있는데
모두는 너를 보고 있는데
점점

너는 육중해진다

아랑곳 않고
양팔 힘차게 젓는다

너와 나는
서로에게 서로를 돌려보내야 하는 간물의 시간,
섭씨 4도의 시선으로
서로의 내면 깊숙한 곳을 바라본다

흐르지 못하는 낭떠러지가
허공을 퍼 나르고 있다

우리는 나뉠 수 없는 한 몸의 시간,
스미고 또 스며야 하는 어떤 울음 하나

>

본질을 간간하게 저며 보고 있다

풍적(風笛)

내 영혼의 유배지
타클라마칸에는 모래와 바람이 만든 왕국이 있다.
그곳에서 나는 길을 잃은 목동이었고
그대는 천년을 넘어 아스라한 기억을 찾는 여행자였다.
광막한 하늘보다 더 맑고 깊은 길을 내는
그대에게 견인되어 나는 무작정 걸었다.
모래알들은 발자국을 쓸어 그 흔적을 지웠지만
흔적은 다시 흔적을 만들어 길 위에 세웠다.
누가 손을 끌지 않아도
누가 등을 떠밀지 않아도
회오리바람 속으로 들어가 몸을 마는 시간처럼
나는 천천히 내 심장을 연주했다.
진동 밖에선 한바탕 소나기가 내리고
지상의 모든 소리들은 광휘 속으로 걸어 들어갔다.
사라진 황금의 시간을 추억하는
누란(樓欄), 문득 반사되던 발자국이 멈추고
거기 증발해 버린 나의 오아시스에 불던 바람이 살고 있
었다.
막 도착한 기차역에서 두리번거릴 때
인파를 뚫고 나와 덥석 손을 잡고 흔드는 누군가처럼

그곳에서 나는 나의 푸른 초원을 보았다.
실크로드의 서역남도(西域南道), 빛나는
꿈이 발현되고 소멸되어 가는 그 풍경 속에 나는
내 낡은 대금(大笒)의 입술을 내려놓았다.
한차례 습윤한 바람이 지나가고
그대의 길고 긴 그림자 끝에서 물기가 반짝였다.
'영혼들아, 노래 부르라'
물이 오래된 잠의 악보를 흐느끼고 있었다.
그대라는 이름의 목동이 되어
오래오래 그 초원 가꾸며 늙어 가겠다고.
내 영혼의 안식처 타클라마칸에는
그대라는 아득히 지워지지 않는 유배지 하나 있다.

리투아니아[●]

마이크만 잡으면 혼신을 다해 노래하는 그는 너무 밝습
니다.
젊어 한때는 가족을 부양했던 그가
후천성 시각장애인이 되어 생을 감금당하고,
믿었던 가족에게 배반당하고
단칸방에서 혼자 생을 꾸려 가고 있습니다.
그런 그가 오늘 우리를 아프게 합니다.
온 세상의 절망을 통째로 감지하고도
그는 시를 쓰고 노래를 부릅니다.
그에게서 조금의 어둠을 발견할 수 없는데도
비오는 그 밤을 달려 모임에 오겠다던 그를, 우리는
귀찮다고 돌려보낸 일 있습니다.
앞을 못 보는 장애보다
더 깊은 마음의 장애를 갖고 있는 우리에게
그가 마음의 눈을 놓아 옵니다.
학과 후배들의 연극 동아리 페르소나의 첫 공연인
‘리투아니아’의 리허설이 끝난 후 그는
“연극 무대가 참 잘 꾸며져 있고 배우들도 혼신을 다하고
있다”고
어깨를 툭툭 치며 스텝들 격려했습니다.

리투아니아 같은 비극적인 일만 우리들 삶을 에워싸고 있
는 건 아니라고

하나됨의 그 마음들이 연극을 성공케 하고

나아가 우리 삶을 성공케 하리라고 소감 밝힙니다.

높고 파아란 가을 하늘빛, 저런 게

내 맘속에도 있는지 깊이 반성해 볼 일입니다.

공연장 앞 나무들이 으스스 떨고

늦은 밤공기가 사붓사붓 발목을 잡습니다.

"장애나 비극은 밖에 있는 것이 아니라

살아가는 내내 마음속 깊은 곳에서 자라나는 것이라"고

● 1차 세계대전 중 사망한 영국 시인 Rupert Brook(1887-1915)
의 희곡.

산그리메 집

뽀얀 먼지 내뿜는 완행버스가
내 추억 속 시간들을 도토리 굴리듯 내려놓고
등 굽은 미루나무가 쭈그러진 잎 가리며 웃고 있는 그 마을에
나, 달려가고 있네.
'달콤한 인생'을 흥얼거리며
점자책을 읽듯 꿈의 옛 자락을 더듬어 가며
삼갈래길 가운데 서서 침점을 쳐 보네,
침점을 치며 까르르 웃던 그대의 그때.
도란도란 이야기 나누는 집들 보며
영혼들이 머무는 저녁의 호숫가 나지막한 언덕에 앉아
나 그대에게 오랜 안부를 전하네.
둥근 저녁상 차리고 있을
굴뚝이 아담한 집 키다리 안주인을 생각하네.
그 집에 들면 옥수수로 하모니카를 불며
밤새 봉인된 기억들 꺼내 반딧불이로 날아오르게 하리.
서운했고 미안했던 마음들이 서로를 따스하게 포옹하니
천지는 이제 흐벅진 꽃밭이네.
나는 내 허기들과 대나무 평상에 누워
밤하늘 꽃들과 미팅하네.

사자, 황소, 전갈, 이런 짐승들의 울음소리가
사방에서 달려들어도 동요치 않고
한 그리움이 다른 그리움에게 마음을 건네듯
낮고 그윽한 소리로 시를 읽어 주고 있네.
두드리면 바위처럼 냉정하지만
맘속 깊은 곳에서 꺼낸 진심의 손으로 노크하면
문을 열고 나와 다정하게 맞아 주는 집,
그러나 내비게이션에는 나오지 않아 아무도 찾을 수 없는
집에서, 나, 불러 보네
세상에서 흰 내 등뼈 어루만져 줄 그대를.
한 알의 꽃씨가 마당을 쓸고 산그리메가 물을 길어 오는,

연둣빛 빗방울과 떠나다

어느 봄날, 한 여자가 내 차창을 두드리며

다대포로 가는 길을 묻는 것이었습니다

그녀에게서 다대포까지란 매우 가슴 설레는 일이어서

나는 직접 데려다 주기로 마음먹었습니다

나는 아름다운 음악을 준비하고

자동차 안을 꼼꼼히 정돈하였습니다

고급 승용차는 아니지만 은은하게 선팅까지 하고 나니

신혼여행을 앞둔 새신랑의 설렘 같아서

나도 몰래 경적을 울리고 말았습니다

그 소리에 모든 차들이 쳐다보았고

이윽고 잘 닦여진 창으로 세상의 길이란 길은 다 모여들
면서

산과 들과 마을을 이어 갔습니다

마구 파헤쳐진 산등성이들과

버려진 집들을 볼 때면 내 살점인 듯 아팠고

대형 간판들이 불쑥불쑥 튀어나와

당혹스럽기도 하였습니다

그러나, 배려할 줄 아는 넉넉함을 가지라며

가로수 잎사귀들이 손 흔들어 가르쳐 주는 길이 이어지고

나는 그녀의 마음을 사로잡으려

절대 안전 속도로 달려 다대포에 도착했지요
그곳에는 하루 일을 마친 사람들이 서로의 손을 맞잡고
바다 빛에 물든 노을과 하나되어
아름다운 풍경화로 걸리고 있었습니다
차창을 넘어 말을 걸어오는
짙푸른 파도 소리 한 음절씩 밤하늘 등불로 켜져서
무작정 걷고 싶은 충동을 갖게 하는 다대포,
한 여자에게 청혼하고 승낙 받은 길,
내가 다대포로 가면서 만난 여인은 파도 무늬 물방울을
쥐고 있었습니다

꽃들은 피어날 떨림에 대해 생각하고

김춘식

한석호 시인의 시는 물, 불, 바람, 그리고 별, 태양 등 우주적인 천체나 물질에 대한 상상력이 원초적이면서 근원적인 기억에 맞닿는 모습을 자주 보여 준다. 개인의 기억에 대한 일상적 진술이 없는 것도 아니고, 또 평범한 사물을 통해 인간과 삶의 '장소성'을 포착하는 작품도 이번 시집에는 많이 포함되어 있지만, 그래도 이번 시집에서 시인이 구사하고 있는 이미지의 특징을 한마디로 말하라고 한다면 그것은 우주적인 근원을 향해 간절하게 손을 뻗고 있는 어떤 원초적인 열망과 힘(에너지)이라고 할 수 있다.

바슐라르가 '물질적 상상력'이라고 말했던 물, 불, 공기, 흙(대지)의 상징과 '공간'의 시학이라고 불렀던 심상 공간과 장소, 기억의 연관성이 지닌 한 특징을 한석호 시인의 이번 시집은 잘 보여 주고 있는데, 이 시집의 제목이면서 표제작인 「이슬의 지문」만 해도 '물'의 흐름을 정적이면서 고정된 렌즈와 지문의 이미지로 변환시켜 사용하고 있다.

"이슬의 지문을 조회하면 누군가가 / 내 기억의 언저리에서 동그랗게 손 모으고 있다. / 순장한 나의 아틀란티스 엿보려 / 저 투명하고 둥근 신의 렌즈로 날 길어 올리고 있다"(「이슬의 지문」)라는 구절을 보면, 물의 이미지가 '촉각적'인 것으로 감지되었다가 바로 시각적인 대상인 렌즈로 변화된다. '지문'이 어떤 흔적, 기억의 의미를 지니고 있다면, 렌즈는 그 기억이나 흔적 속에 근원적으로 존재하던 누군가의 시선을 떠올리게 한다. 신의 흔적인 지문과 그리고 그것을 통해 새롭게 바라보는 물(렌즈, 눈동자, 시선)을 통해 "길어 올"려 지는 자신을 상상하는 방식은 숭고나 초월, 구원을 지향하는 시인의 내면을 암시적으로 보여 주는 장면이 아닐 수 없다.

이렇듯, 물질적인 상상력을 통해 이미지의 연금술적 변화를 능숙하고 화려하게 엮어 내는 것은 이 시인의 특징이면서도 중요한 기량이기도 하다. 그러나 이런 현란한 이미지의 뒤엉킴을 통한 시적 언술이 때로 지나치게 복잡한 수사로 끝날 위험은 언제나 존재한다. 이미지에 존재의 근원을 현현하고 형상화하는 뛰어난 속성이 있는 것은 사실이지만, 어떤 시적 비의가 존재하지 않는 상태에서도 이미지는 스스로 부딪치고 뒤엉키며 새로운 물질적 이미지들을 만들기 때문에 어떤 경우에는 파편적인 이미지의 나열과 분산이 지닌 '화려함' 이상의 것을 보여 주지 못하는 경우도 있는 것이다.

아마도 한석호 시인의 시는 이런 이미지의 양면성 사이에서 '긴장된 상태'에 현재 놓여 있는 것으로 보인다. 존재론적인 시선의 깊이가 좀 더 갖추어진다면 이러한 이미지의 탄력

성은 훨씬 날카로운 예지를 담을 수 있지만, 단순히 유사한 발상, 화법을 감추는 수사적 치장이 된다면 그의 시는 울림이 없는 동어반복으로 끝나고 말 수도 있는 것이다. 이 점과 관련해서, 다음과 같은 작품은 그의 시적 경향이 어떤 근원적 문제를 바라보거나 직면하는 데 집중하고 있다는 사실을 알게 한다는 것만으로 상당히 중요한 의미를 지니고 있다.

아무도 사랑하지 않는 날들의 저녁 창을 열면

무수히 많은 별들이

마음의 갈피마다 집을 짓고 있다.

하늘 가장자리서 뜯어 온 들풀로 지붕을 엮고

그 들풀의 이슬들 꿰어

슬픔의 반대쪽 귀에 높이 걸어 두는 것이다

태가 고운 바람이 불고

명상에 든 달맞이꽃의 그림자가

투명한 풍경 소리에 제 어둠 묻는 시간이면

풀벌레 울음소리 더욱 환해진다

모두는 가을밤 가운데로 걸어 나와

고달팠던 걸음들 내려놓고 한없이 깊어 가는 것이다

그런 날은 책갈피 위에 불을 밝히고

찻물 끓는 소리가 툇마루 가득 흘러넘칠 때까지

어떤 흔적들 찾아 나선다

푸른 여우가 몰고 오는 달빛과

그 달빛에 부서지는 박쥐들 하얀 웃음소리 들려오는 곳

으로

방직 돌기를 굴려 나아간다

내 의식의 처마 끝을 잡고 있는 곳으로

거미줄 그렇게 던져 가는 것이다

별들이 지은 집 담장은 높지 않아서

오가고 싶은 것들은 모두 경계를 잊고 넘나들며

마음의 풍향계를 어루만지다 간다

그들은 소중했던 것들의 이름과

자신의 이름을 번갈아 지우며 멀어져 간다

은빛 구름, 소나기, 검은 우산

욕망의 사슬에서 풀려나야만 비로소 만날 수 있는

풍경 속으로 묻히는 것이다

아무도 나를 사랑하지 않는 날들의 새벽 창을 열면

핵을 감춘 무엇이 기다리고 있다

티벳 사자의 서 같은 화두를 던지며

사랑해야 할 날들의 저녁으로 돌아가라고

눈 부릅뜨고 있다.

—「몰락하는 가을」 전문

위의 시는 풍경을 바라보는 화자의 시선이 담고 있는 정서
에 따라 사물이 각각 다른 이미지로 변신하는 과정을 잘 보
여 주는 작품이다. 또한, "아무도 사랑하지 않는 날들의 저녁
창" "아무도 나를 사랑하지 않는 날들의 새벽 창" "사랑해야
할 날들의 저녁"이 반복되면서, 유사함 속에 담긴 의미의 미

세한 변화를 보여 준다. 이런 유사성과 의미의 미세한 변화
는 화자의 내면 깊숙한 곳에 존재하는 양가적 감정이나 서로
충돌하는 욕망의 단편이 만들어 내는 것이다.

실제로 화자는 창문을 열고 풍경이 스스로 깊어지다가 어
느 사이에 자신의 이름을 스스로 지우며 욕망으로부터 벗어
나야 도달할 수 있는 어떤 또 다른 '풍경'으로 변화하는 과정
을 바라보고 있다. 물론 이 과정은 눈앞의 사실적인 풍경을
바라보는 행위라기보다는 자신의 내면의 기억을 거슬러 올라
가는 상징적인 과정의 한 표현이다.

"아무도 사랑하지 않는 날들"이나 "아무도 나를 사랑하지
않는 날들"은 모두 '세계와 자아'의 원만한 소통이 사라진 현
실이나 과거의 상처 등을 암시하는 구절이다. 내가 "아무도
사랑하지 않"고 또 "아무도 나를 사랑하지 않는"다는 화자의
언술은, 주체가 세계와 절연되어 소외되고 고립된 상황을 어
렵지 않게 떠올릴 수 있는 부분이다. "저녁 창"을 열고 마주
친 풍경 속에서 화자는 별들이 어떤 경계를 넘으며 스스로 다
른 흔적을 더듬는 풍경으로 변해 가는 것을 본다. 그리고 "내
의식의 처마 끝을 잡고 있는 곳으로/ 거미줄 그렇게 던져 가
는" 동안 시인이 점차 도달하는 것은, 자아의 기억 끝자락이
아니라 오히려 욕망을 스스로 벗어 버린 '사물의 풍경'이다.

스스로 자신의 이름을 지우고 "욕망의 사슬"을 풀었을 때
만나는 풍경이란 과연 무엇인가. 결국, 창을 여는 행위란, 곧
"아무도 사랑하지 않는 날"로부터의 '벗어남'이라는 의미를
이미 함축한 행동이다. 화자가 "새벽 창"을 여는 순간, "핵을

감춘 무엇이 기다리고 있"고, "저녁 창"을 열었을 때는, 무수히 많은 별들이 마음의 갈피에 집을 짓는다. 세계와 자아 사이에 존재하던 '분절된 거리'는 '창을 여는 행위' 이후에 이미 어떤 변화를 예고하고 있는 것이다. 세계와 나의 접촉이 '창을 여는 행위'로 암시된다면, 이 시에서 풍경이 저마다 생명을 지닌 듯이 변화하면서 움직이는 마술적 과정은 바로 그러한 주체와 세계가 만나면서 이루어지는 '의미화'의 과정이자 시인의 내면이 눈을 뜨는 순간에 해당된다.

별, 달, 물, 이슬, 구름, 찻물 끓는 소리, 달맞이 꽃 등 모든 사물이 스스로의 비밀을 열며 의식과 마음에 닿는 순간, 사랑이 단절된 세계는 무화(無化)되고 오히려 '사랑해야만 할 날들'이 실체를 드러낸다. 여기서 "눈 부릅뜨고" 기다리고 있는, "핵을 감춘 무엇"이란, 곧 에피파니(epiphany)이거나 '숨은 신'이다. 시인의 의식이 '창'을 여는 순간부터 조금씩 '대지의 은폐'를 벗고 실체를 드러낸 '진리', 바로 시적 현현의 출현을 시인은 이렇게 보여 주고 있는 것이다.

한석호 시인의 이미지와 시적 표현이 지닌 중요한 특징은 이처럼 인식의 각성 또는 세계의 '시적 개진'에 해당되는 순간을 '이미지'의 연금술적 변환을 통해 드러낸다는 점에 있다. 의식이 사물과 만나면서 '이미지'라는 촉매에 의해 '도약'에 가까운 변신을 이루어 내는 '시적 장면'의 창출은 이 시인이 지닌 특별한 재능이 아닐 수 없다. "살얼음처럼 투명하게 번져 가는 밤하늘은/ 또 누가 쓰고 누가 반송한 소식들로 쌓이는지/ 나는 그 어둠의 겉봉을 접고 있었다"(「어둠의 겉봉에는 수

취인이 없다」)에서, 밤하늘의 이미지를 얇은 종이나 얼음이 켜켜이 쌓여 가는 것으로 묘사한 표현의 탁월함은 그저 단순한 '언어 기교'만으로 보기 어려운 것이다. "어둠의 겉봉"이 사물의 외피라면 그 겉봉 안에 담긴 '소식'이야말로 진정한 사물의 '비의(秘意)'일 것이다. 사물(어둠)의 겉봉을 접는 시인이야말로 사실은 진정 수취인이 없는 '세계의 비밀'을 엿보고 싶은 자가 아니겠는가.

이 점에서 한석호 시인의 시적 이미지는 섬세하면서도 날카로운 결을 가지고 있다. 반짝이는 표현(겉봉) 안에 담긴 '무엇'이 없거나, 사물의 내부에 대한 인식적 '열망'이 없다면, 한낱 '수식'에 불과했을 것들이 그 날카로움 덕에 비로소 생명을 얻고 있는 것이다.

새떼가 남긴 하늘의 봉분은 둥글게 부풀어 오른다
나는, 떠나는 이름들과
새로 쓰는 이름들이 무심히 교차하는 들판에서
그대를 우러러 부른다
수척해진 밤의 손길이
꺼칠해진 대지에 무언가를 쓰고 있다

—「순례자의 잠」 부분

인용한 시에서 시인은 '저녁 해'를 "새떼가 남긴 하늘의 봉분"으로 표현한다. 단순한 은유적 표현으로 본다면 이 장면은 형태적 유사성 혹은 상황적 유비성(analogy)에 의해서 절

126

묘하게 만들어진 수사(修辭)로밖에 보이지 않을 것이다. 그러나 이 시의 문맥을 자세히 보면, 새떼가 남긴 '봉분'의 진정한 의미는, 그런 유사성이 아니라 "둥글게 부풀어 오른다"라는 움직임에 의해서 결정된다. '새떼'의 무방향성과 이동성이 '정처 없음'을 떠오르게 한다면, '부풀어 오르는 태양'은 삶의 의미를 최종적으로 확정해 줄 '죽음'의 '무한정한 의미'를 떠오르게 한다.

누구도 죽기 전에는 그 삶의 최종적 의미를 알 수 없는 법이다. 그렇듯이 찬란하게 불타며 죽어 가는 태양이 그려 놓은 '봉분'은, 불확정적이면서도 비의적인 삶의 의미, '탄생/소멸' '삶/죽음'을 한 몸에 품고 있는 가장 긴장된 삶의 한순간을 상징적으로 보여 주는 대상이다.

이 시의 '긴장'은 이런 시적 문맥의 전후에 도사리고 있는 '분위기'에 의해서 확보된다. "떠나는 이름들과/ 새로 쓰는 이름들이 무심히 교차하는 들판"이라든가, 그 들판 위에 "수척해진 밤의 손길이/ 꺼칠해진 대지에 무언가를 쓰고 있다"라는 시 구절을 다시 한번 읽어 보자.

밤 그림자가 들판을 수놓고 하늘에는 붉게 부푼 저녁 태양이 지금 막 숨을 거두고 있다. 이 순간이야말로 '떠나는 것'과 '새로 생겨나는 것'들의 '틈새'가 가장 잘 드러나는 '찰나'가 아닌가. '개와 늑대의 시간처럼', 모든 사물과 세계가 '불안'에 떨며, 자신의 '불안정성'을 노출하고 마는 시간, 바로 그런 순간에 대한 포착이 이 작품에는 잘 나타나 있다. 그리고 이런 '순간'을 사로잡고 있는 '불안'은 인간의 가장 근원적인 '실존

성'이나 '존재 의미'에 닿아 있는 것이기도 하다.

> 그 등불 밝아 바닷길 화안하게 열리는 곳에
>
> 그 바다의 가장 푸른 물빛을 내려놓고
>
> 주름진 내면을 가만히 비춰 보는 것이다.
>
> 그리하여 반사되는 불면의 시간 위에
>
> 나는 보내야 할 것과 지워야 할 것들의 목록을 부표처럼
>
> 띄워 놓고
>
> 심지에 불을 붙인다 부채질한다.
>
> 잠은 침묵의 바다에서 뜨겁게 타오르고
>
> 바다는 잠의 하늘에서 차갑게 반짝이고 있다.
>
> 나는 문을 열고 훌쩍 키가 자란 등불을 밖으로 던져 버린다
>
> 눅눅한 비망록을 길 위에 펼쳐 놓고
>
> 뼛속까지 파고드는 바람에 온몸 내어 맡긴다.
>
> 그런 불안으로부터의 이소를 나는 꿈꾼다.
>
> —「불안으로부터의 이소」 부분

　'불안'이 그 실체를 보여 주는 순간은, 역으로 진리의 '현현'이 일어나는 시간 또는 하이데거의 말을 빌리면, '본래적 자기'가 눈을 뜨는 상황에 해당된다. 한석호 시인은 '불안'의 감정이 지닌 이런 역설적 측면을 위에 인용한 시에서 아주 적절하게 보여 준다.

　「순례자의 잠」이나 「이슬의 지문」「하늘의 청소기를 돌리며」「신문실의 곰팡이」를 비롯해서 많은 그의 작품은 '근원적

인 불안'에 대한 탐색을 '사물'에 대한 이미지 연구로 바꾸고 있는 측면이 있다. '불안'의 감정으로부터 벗어나기 위해 역으로 '불안'의 실체가 드러나는 '순간'들을 예리하게 포착하는 감각을 익혔다고나 할까. 한석호 시인은 '불안'이 꿈틀대는 순간이 오면, 위의 시에서처럼 스스로 자신의 "주름진 내면을 가만히 비춰 보는" 자세를 취한다.

"바다의 가장 푸른 물빛을 내려놓고" "보내야 할 것과 지워야 할 것들의 목록을 부표처럼/ 띄워 놓"는 행위는, 이미 앞에서 설명한 것처럼 '창문을 열고', 세계의 풍경을 바라보는 행위가 그렇듯이, 세계의 의미로부터 '분리되고 소외된 자'가 '불안'을 '정면'으로 바라보는 상황을 암시한다.

따라서 이 시에서 '바다'는 사물로서의 대상이 아니라 '바다', '물'이 지닌 '물질성'의 원초적 이미지 혹은 원형성을 보여 준다. '푸른 물빛'과 '반사되는 불면의 시간'은 엄연히 다른 것(물질/관념)이지만, 이 시 안에서의 원형적 이미지 혹은 물질성은 동일하다. 문맥상 '불면의 시간'은 추상적 관념이 아니라 '푸른 물빛처럼 반사성을 갖는 물질'로 이미 변환되어 있다. 이런 특징을 '이미지의 연금술'이라고 부른다면 아마 한석호 시인은 자신의 근원적 "불안으로부터의 이소"를 이런 연금술적 시 쓰기를 통해 배웠고 또 지속적으로 시도하고 있는 듯하다.

"밀려오는 거대한 적막과/ 그 적막 사이를 노 저어 다니는 시간의 사자(使者)와/ 채울수록 더 비어만 가는 텅 빔과/ 풀수록 더 꼬여만 가는 생의 어지럼증과/ 끝이 보이지 않는 저 먹

구름의 너머에 대해서"(「이슬의 지문」) 끊임없이 들여다보고 쓰는 것이 '시'라고 이 시인이 말하고 있는 것처럼, 시란 어느덧 '신'의 눈으로 자신과 세계를 다시 돌아보는 것이기도 하다. 이런 점에서 '불안' '슬픔' '눈물'은 「이슬의 지문」에서 시인이 말한 '렌즈'처럼, 삶의 결정적인 순간을 꿰뚫어 볼 수 있도록 신이 인간에게 허용한 역설적 축복인지도 모를 일이다. 이런 시적 특질은 아래와 같은 시의 구절에서도 잘 나타난다.

나는 오늘 내 마음의 은밀한 곳에도 커다란
볼록렌즈 하나 설치하기로 한다
내 삶의 그곳 또한 넓고 환한 활주로는 아니었으므로
—「신문실의 곰팡이」 부분

눈을 까맣게 뜨고
단단하고 둥글게 기록된 나무의 내재율을 읽는다
광속으로 끌고 온 모든 것을 버린다
—「마트료시카」 부분

제 가슴을 열었다 닫는 법을 연습하다가는
일상의 문을 열고 나간다.
—「욕조에서 잠든 뭉크 씨」 부분

  일상과 대립된 '시적인 삶'은 사물과 풍경, 자신의 내면을 끊임없이 들여다보고, 열고 닫고, 다시 읽는 과정에 해당된다. 그리고 이 과정에서 시인은 '일상의 문' 안에 존재하는 또 다른 세계를 끊임없이 갈구하며 탐구하는데, 이런 시인의 몸짓은 사물과 이미지에 대한 집요한 '응시자'로 그를 변모시킨 듯하다. 물, 불, 나무 등 사물(事物)의 근원적 물질성에 대한 성찰이나, 일상적 삶, 내면에 대한 응시는, 이 점에서 모두 '이곳'이 아닌 또 다른 세계로 그를 이끌어 주기를 바라는 간절한 '이소(離巢)'의 꿈이 낳은 결과물인지도 모른다.

"몇 날 며칠의 백야와/ 바알간 심지 돋우는 램프의 사자(使者)와/ 그 불빛 아래 쪼그리고 앉은 생의 고단함이/ 허공에서 그댈 부르겠지만,/ 그건 그대가 사랑했던 그 모든 것들이/ 그대의 마음을 뛰쳐나와 오로라처럼 배회하는 것이라고"(「추코트카반도에서 부르는 연가」) 시인이 진술하듯이, 시인에게 모든 간절한 생의 기원(祈願)들과 생의 풍경은 다른 한편으로는 그가 "사랑했던 그 모든 것들"의 '오로라'에 해당된다. 상처, 고통, 인간의 선과 악 등 그가 지켜본 삶은 결국 그의 생에 대한 간절함 이상으로는 표현될 수 없는 것이다. 이처럼 '간절함'이 시적 표현과 기교 이상의 위치에 자리를 잡고 있는 것은, 그의 시를 '이미지'를 중심으로 한 수사적 기교의 연속으로 빠져들지 않게 하는 가장 큰 이유이다.

대지의 팔레트 위에 갓난아기의 울음이 들려 있다

크게 벌린 입, 적당하게 쥔 주먹이

드넓은 백지 위로 발갛게 옮겨 붙고 있다

강아지 한 마리 해종일 짖는다

고집불통 떼를 쓰며 골목골목을 휘젓는다

울음의 곡조는 송곳니가

허공을 깨물기 이전부터 배워야 하는 법

나뭇잎은 밤에도 자라서

아이가 아닌 자들의 기억이 머물다 간 너와집 속으로

공손하게 발을 들인다

꽃들은 피어날 떨림에 대해 생각하고

개 짖는 소리는 취객의 발자국 아래로 끌려간 땅 그림자의

비유에 대해 생각한다

휘적휘적 늙는 아이들의 가등, 잠 못 드는

아낙들의 기침 소리

닭 울음소리가 등이 휜 날것들의 명패를

한 땀씩 기워 내고 있다

마지막 시간의 담장을 넘어야 할 속도의

어떤 이면에 대해 생각하는

저기 한 가계, 고요 속으로 저물고 있다

—「울음의 염기설(鹽基說)」 전문

울음으로 온통 뒤덮인 세상의 풍경을 시인은 위의 시에서
그려 낸다. 이 시의 탁월함은 소리가 그림을 그려 내고 있는
점이다. 시인은 아기의 울음소리, 아낙의 기침 소리, 닭 울
음소리, 개 짖는 소리를 물감으로 삼아 '울음으로 채색된' 한
폭의 풍경화를 그려 낸다. 그리고 그 풍경화의 본 의미는 "생
각한다"라는 한마디로 정리된다. 소리가 들판을 풍경으로 변

화시킬 수 있는 이유, 그것은 바로 '울음의 기원' 혹은 '울음의 비의(秘意)' 때문일 것이다.

"어떤 이면에 대해 생각하는" 것, 그것이야말로 사물 혹은 모든 존재의 본질적 숙명인지도 모른다. "꽃들은 피어날 떨림에 대해 생각하고" "개 짖는 소리는 취객의 발자국 아래로 끌려간 땅 그림자의/ 비유에 대해 생각한다"는 이 시의 구절처럼, 모든 존재가 스스로 자신의 존재성을 생각한다는 사실만큼 '존재의 비애'를 보여 주는 것도 없을 것이다. 이 점 때문에 이 시의 '울음'은 단순한 감정이 아니라 '존재의 근원적 슬픔' 즉, 허무에 맞닿아 있는 것이다.

한석호 시인의 시는 물질의 원초적 이미지를 탐구한다는 점에서 그 표면적 특징을 지니고 있지만, 이러한 이미지를 조작하는 탁월한 능력이 단순히 그의 '기교적 역량' 때문이 아니라는 점은 그의 시가 지니고 있는 또 다른 심층적 특징을 살펴보면 금방 알 수 있다. 실제로 앞의 작품들을 통해 봤듯이, 그의 시는 사물에 대한 '사유' 혹은 '꿈꾸기'를 통해 이미 어떤 심층적 지점에 도달해 있다고 여겨진다. 울음, 풍경, 허무가 하나의 분위기를 이루면서 이미지를 새롭게 변신시키는 과정은 과연 탁월한 시적 성취가 아닐 수 없다.

그러나 이런 미학적 성취보다도 더 중요한 것은 '생각한다'라는 존재의 근원적 비애에 대한 포착을 그의 시가 보여 주고 있다는 점이다. 사물의 물질성과 숙명성을 '생각한다'는 것은 그가 말한 것처럼 이미 '생각의 울타리 밖'에서 생각을 하는 것이다. "한 뼘 블랙홀 안에서/ 자벌레가 저만의 문장을 쓰고 있을 때/ 나는 세상이 지운 명분이 버거워 알몸으로/ 바람과 만행(漫行)하고 있다"(「바람의 어법」)는 시인의 표현처럼, "잊혀버린 생의 첫 문장을 찾아 미지로 미래로"(같은 시) 나아가는 것 그것이 바로 시의 숙명인 것이다. '생각'의 틀 밖에서 존재의 근원을 사유하듯이, 사물과 물질의 '원초적 기억'으로부터 진정한 '사물의 이미지'를 뽑아내듯이.

코를 세우는 구름의 안테나,

나는 억새밭 무문관에서

가시나무새의 둥글고 애틋한 노래를 짓는다.

통속적 문장의 뿌리가 길어 올린

물안개가 사타구니에 입김을 불어넣고 비벼 댄다.

꽃이 피고 새가 울고,

절정의 순간처럼 하얗게 몸이 떤다.

말을 벗어야 하는 내가 말과 도모하고 있다니,

나는 퍼렇게 날이 선 억새를 꺾어

참회를 하고 있는 바람의 등을 후려친다.

남루한 기억이 선혈을 뿌리며 굴러떨어지고

시간이 출산한 그늘 속에서

상사화의 떡잎이 자지러지며 문장을 지운다.

―「바람의 어법」 부분